高中三年的中翻英1本搞定

1本搞定

五段式中翻英譯法

葉怡成——著

五南圖書出版公司 印行

前　言

　　學測／指考的英文科翻譯考題一直是高中生的痛點，拙著《高中三年的中譯英一本搞定——五段式中譯英翻譯法》正是爲此而編寫。這本書的特色是提出中譯英的三種方法：

● 刪補式：分成刪、譯、補三個步驟，適用於修飾語較複雜的句子。
● 分合式：分成分、譯、合三個步驟，適用於子句結構較複雜的句子。
● 五段式：分成刪、分、譯、合、補五個步驟，適用於修飾語與子句結構都較複雜的句子。

　　讀者只需花很少的時間就能學會這套方法，大幅提升中翻英實力，克服學測／指考的翻譯題。

　　全書分14章，分成三篇：

第一篇　　句型篇：先對英文句型做一個概要複習，包括五大基本句型、主詞的變化、述詞的變化、修飾語的變化、片語、子句、句子等七大主題。

第二篇　　方法與練習篇：先介紹「五段式翻譯法」，以及其簡化版：專門處理包含了冗長的修飾語的句子之「刪補式翻譯法」，與專門處理包含了多個子句的句子之「分合式翻譯法」。另外四章爲中譯英練習，包含直接式、刪補式、分合式、五段式。

第三篇　　實戰篇：分析臺灣學力測驗及指定考試的翻譯考題，逐題依題目的特性與複雜度分別選用直接式、刪補式、分合式、五段式翻譯法解析。

　　希望這本書能夠有助於高中生征服學測／指考中譯英考題或上班族提升英文寫作能力。

葉怡成
於 淡江大學

目録

Part 3　實戰篇

Part 1　句型篇

先對英文句型做一個概要複習，包括五大基本句型、主詞的變化、述詞的變化、修飾語的變化、片語、子句、句子等七大主題。

Lesson 1 句型的結構：五大基本句型

章 前 重 點

五大句型是英文的核心，各句型的動詞特性如下：

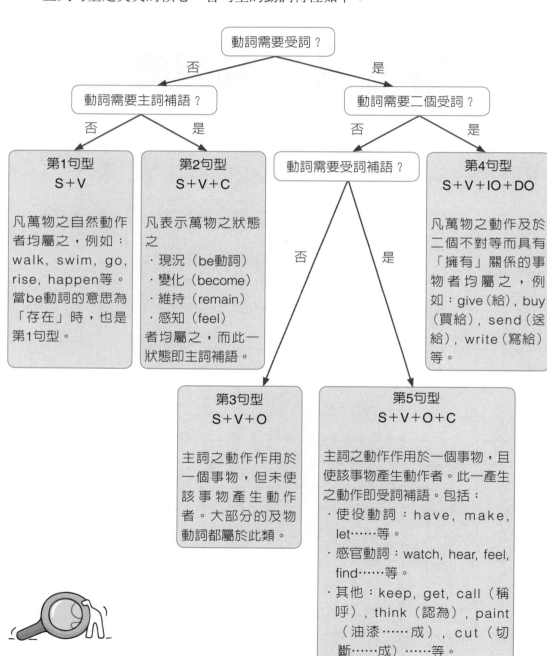

```
                        動詞需要受詞？
                    否  /              \  是
        動詞需要主詞補語？              動詞需要二個受詞？
      否 /        \ 是              否 /              \ 是
```

第1句型
S＋V

凡萬物之自然動作者均屬之，例如：walk, swim, go, rise, happen等。當be動詞的意思為「存在」時，也是第1句型。

第2句型
S＋V＋C

凡表示萬物之狀態之
‧現況（be動詞）
‧變化（become）
‧維持（remain）
‧感知（feel）
者均屬之，而此一狀態即主詞補語。

動詞需要受詞補語？
否 / \ 是

第4句型
S＋V＋IO＋DO

凡萬物之動作及於二個不對等而具有「擁有」關係的事物者均屬之，例如：give（給），buy（買給），send（送給），write（寫給）等。

第3句型
S＋V＋O

主詞之動作作用於一個事物，但未使該事物產生動作者。大部分的及物動詞都屬於此類。

第5句型
S＋V＋O＋C

主詞之動作作用於一個事物，且使該事物產生動作者。此一產生之動作即受詞補語。包括：
‧使役動詞：have, make, let……等。
‧感官動詞：watch, hear, feel, find……等。
‧其他：keep, get, call（稱呼），think（認為），paint（油漆……成），cut（切斷……成）……等。

五大句型是英文的基石，因此本書第一章分五節，每節介紹一種句型，並有一個介紹重點如下：

句型	結構	公式	介紹重點
第一句型	主詞 ＋ 述詞	S＋V	副詞修飾語
第二句型	主詞 ＋ 述詞 ＋ 主詞補語	S＋V＋C	主詞補語
第三句型	主詞 ＋ 述詞 ＋ 受詞	S＋V＋O	受詞
第四句型	主詞 ＋ 述詞 ＋ 間接受詞 ＋ 直接受詞	S＋V＋IO＋DO	直接受詞
第五句型	主詞 ＋ 述詞 ＋ 受詞 ＋ 受詞補語	S＋V＋O＋C	受詞補語

其中各句型的重點（副詞修飾語、主詞補語、受詞、直接受詞、受詞補語）與詞類、片語、子句的關係整理如下表。例如第一句型（其餘句型也適用）的副詞修飾語可以是副詞、不定詞片語、分詞片語、副詞子句。

		第一句型 副詞修飾語	第二句型 主詞補語	第三句型 受詞	第四句型 直接受詞	第五句型 受詞補語
詞類	名詞		✔	✔	✔	✔
	代名詞			✔		
	形容詞		✔			✔
	副詞	✔				
片語	不定詞片語*	✔	✔	✔		✔
	動名詞片語		✔	✔		
	分詞片語**		✔			✔
	介詞片語	✔	✔			✔
	介詞片語			✔	✔	
子句	名詞子句		✔	✔	✔	✔
	副詞子句	✔				

*第五句型的受詞補語包括原形不定詞片語。

**分詞片語包括現在分詞片語與過去分詞片語。

以下以一組例句說明五大句型：

句型	例句
第一句型（S＋V）	She teaches. 　S　　 V 她 教書。
第二句型（S＋V＋C）	She is a teacher. 　S　 V　　 C 她 是 一位教師。

第二句型（S＋V＋C）	She is happy. 她 是 快樂的。 　S　V　　C
第三句型（S＋V＋O）	She teaches English. 　S　　　V　　　　O 她　教英語。
第四句型（S＋V＋IO＋DO）	She teaches us English. 　S　　V　　IO　DO 她　教 我們 英語。
第五句型（S＋V＋O＋C）	We called her teacher. 　S　　V　　O　　C 我們 稱呼 她 老師。 We made her happy. 　S　　V　　O　　C 我們 使得 她 快樂。

1-1　第一句型 S ＋ V

凡萬物之動作不及於另一事物者均屬不及物動詞。不及物動詞又可分成：

● 完全不及物動詞：凡萬物之自然動作者均屬之，例如：walk（走路），fly（飛翔），swim（游泳），go（去），come（來），rise（升起），happen（發生），shine（閃耀），sing（歌唱），bark（吠叫）等。無需主詞補語。此種動詞可構成

第一句型：主詞 ＋ 述詞

● 不完全不及物動詞：凡表示萬物之狀態之現況（如 be 動詞）、變化（如 become）、維持（如 remain）、感知（如 feel）者均屬之，而此一狀態即主詞補語，可分成名詞與形容詞二大類。此類動詞又稱連綴動詞。此種動詞可構成

第二句型：主詞 ＋ 述詞 ＋ 主詞補語

第一句型的功能

第一句型＝主詞（S）＋述詞（V）

圖 1-1　第一句型的結構

其中述詞因不需要補語，且不需要受詞，故稱完全不及物動詞。舉例如下：

例句	結構	
	主詞	述詞
1	Spring 春天	comes. 來臨。
2	Birds 鳥兒們	fly. 飛翔。
3	The position of the earth 地球的位置	is changing. 正在變化。（現在進行式）
4	The woman 那女人	can sing. 能夠唱歌。

第一句型的結構

第一句型=主詞（S）＋述詞（V），看似結構單薄，沒多大用處，但事實上它以用搭配「副詞修飾語」來修飾述詞的方法達到表達複雜意義的目的（當然，第二到第五句型也都可以使用副詞修飾語）：

主詞	完全不及物動詞	副詞修飾語
主詞	walk, fly, swim, go, come, rise, happen, shine, sing, bark	副詞
		介詞片語
		不定詞
		副詞子句

舉例如下：

例句	副詞修飾語種類	結構		
		主詞	述詞	副詞修飾語
1	副詞	The curtains 窗簾	blew 吹動	softly. 輕柔地。
2	介詞片語	Birds 鳥	fly 飛	south in winter. 向南方在冬天。
3	不定詞	We 我們	stopped 停下	to have a talk. 談個話
4	副詞子句	A body 物體	will expand 將膨脹	when it is heated. 當它被加熱時。

1-2 第二句型 S + V + C

第二句型的功能

第二句型 = 主詞（S）＋述詞（V）＋主詞補語（C）

主詞 **+** 述詞 **+** 主詞補語

圖 1-2 第二句型的結構

其中述詞因需要補語，但不需要受詞，故稱不完全不及物動詞。凡表示萬物之狀態之

- 現況（be動詞）。
- 變化（become）：become（變成），get（變成），grow（長成）等。
- 維持（remain）：remain（保持），keep（保持），stay（保持）等。
- 感知（feel）：feel（感覺起來），look（看起來），sound（聽起來），taste（嚐起來）等。

者均屬之，而此一狀態即主詞補語，可分成名詞與形容詞二大類。此類動詞又稱連綴動詞。舉例如下：

動詞	例句	
be動詞類	Time is money.	時間是金錢。
	He is single.	他是單身的。
	The cloth is rough.	這布是粗糙的。
	She is beautiful.	她是漂亮的。
become動詞類	Time becomes money.	時間變成是金錢。
	He becomes single.	他變成是單身的。
	The cloth becomes rough.	這布變成是粗糙的。
	She becomes beautiful.	她變成是漂亮的。
remain動詞類	Time remains money.	時間保持是金錢。
	He remains single.	他保持是單身的。
	The cloth remains rough.	這布保持是粗糙的。
	She remains beautiful.	她保持是漂亮的。

動詞	例句	
feel動詞類	Time feels money.	時間感覺起來是金錢。
	He feels single.	他感覺起來是單身的。
	The cloth feels rough.	這布感覺起來是粗糙的。
	She feels beautiful.	她感覺起來是漂亮的。

第二句型的結構

第二句型=主詞（S）＋述詞（V）＋補語（C），其中補語的變化很多，但基本上可以分成名詞性與形容詞性二類：

主詞	不完全不及物動詞	主詞補語
主詞	1.是 ~：be （am, is, are, was, were） 2.變為：become，get，grow，turn，prove，turn out，go，come，fall，run，make 3.仍為：remain，keep，stand，stay，continue，hold，rest 4.感覺：look，sound，taste，smell，feel，appear，seem	名詞 形容詞 介詞片語 不定詞 動名詞 現在分詞 過去分詞 名詞子句

舉例如下：

例句	主詞補語種類	結構		
		主詞	述詞	主詞補語
1	名詞	He 他	is 是	a teacher. 一位老師。
2	形容詞	Betty 貝蒂	is 是	fat. 肥胖的。
3	不定詞	His only wish 他的唯一願望	is 是	to sleep. 去睡覺。
4	動名詞	My favorite pastime 我的最愛的消遣	is 是	reading novels. 讀小說。
5	現在分詞	It 天氣	kept 持續	snowing for three days. 下雪三天了。
6	過去分詞	She 她	remained 保持	unmarried all her life. 未婚終其一生。

例句	主詞補語種類	結構		
		主詞	述詞	主詞補語
7	介詞片語	He 他	is 是	in good health 健康的。
8	名詞子句	My belief 我的信念	is 是	that you are right. 你是對的。

此外，它可以搭配副詞修飾語達到表達複雜意義的目的：

主詞	不完全不及物動詞	主詞補語	副詞修飾語
主詞	不完全不及物動詞	主詞補語	介詞片語
			不定詞
			副詞子句

舉例如下：

例句	副詞修飾語種類	結構			
		主詞	述詞	主詞補語	副詞修飾語
1	介詞片語	He 他	was 是	happy 快樂的	during the summer vacation. 在暑假期間。
2	不定詞片語	We 我們	feel 覺得	sad 難過	to hear of your failure. 聽到你們的失敗。
3	副詞子句	I 我	got 變得	tense 緊張	because he drove very fast. 因為他開車很快。

1-3 第三句型 S + V + O

凡萬物之動作及於另一事物者均屬及物動詞。及物動詞又可分成兩種：

● 完全及物動詞：主詞之動作作用於一個事物，但未使該事物產生動作者。因此無需受詞補語。大部分的及物動詞都屬於此類。例如：know（知道），want（想要），need（需要），like（喜歡），break（打破），read（閱讀），join（參加），enjoy（享受），see（看見），please（取悅）等。此種動詞可構成

第三句型：主詞 + 述詞 + 受詞

另外有些完全及物動詞需要二個受詞：間接受詞（IO）及直接受詞（DO）。凡萬物之動作及於二個不對等而具有「擁有」關係的事物者均屬之，例如：give（給），buy（買給），send（送給），write（寫給），leave（留給），tell（告訴），teach（教導），show（展示），save（節省），promise（承諾），win（贏

得）等。例如「I gave him a book.」間接受詞（IO）=him，直接受詞（DO）=a book，中文意義為「我給他（間接受詞）一本書（直接受詞）」，故稱授與動詞（雙受詞動詞）。此種動詞可構成

<u>第四句型＝主詞（**S**）＋述詞（**V**）＋間接受詞（**IO**）＋直接受詞（**DO**）</u>

- 不完全及物動詞：主詞之動作作用於一個事物且使該事物產生動作者。此一產生之動作即受詞補語。此類動詞包括：
  - 使役動詞：have（使；讓），make（使；讓），let（使；讓）…等。
  - 感官動詞：watch（看到），see（看到），hear（聽到），feel（感到），find（發現）…等。
  - 其他不完全及物動詞：keep（保持），get（使），render（使），elect（選舉），appoint（任命），call（稱呼），name（命名），think（認為），consider（認為），believe（相信），suppose（假設），paint（油漆…成），cut（切斷…成）…等。

此種動詞可構成

<u>第五句型：主詞 ＋ 述詞 ＋ 受詞 ＋ 受詞補語</u>

第三句型的功能

第三句型=主詞（S）＋述詞（V）＋受詞（O）

圖 1-3 第三句型的結構

其中述詞因不需要補語，但需要受詞，故稱完全及物動詞。舉例如下：

例句	結構		
	主詞	述詞	受詞
1	I 我	prefer 喜歡	tea. 茶。
2	I 我	do 作	my homework. 我的家庭作業。
3	I 我	like 喜歡	him. 他。

例句	結構		
	主詞	述詞	受詞
4	I 我	want 想要	to go abroad. 去國外。

第三句型的結構

第三句型=主詞（S）＋述詞（V）＋受詞（O），其中受詞的變化很多：

主詞	完全及物動詞	受詞
主詞	know, want, need, like, break, read, join, enjoy, see, please	名詞
		代名詞
		不定詞
		動名詞
		名詞片語
		名詞子句

舉例如下：

例句	受詞種類	結構		
		主詞	述詞	受詞
1	名詞	I 我	desire 想要	peace. 和平。
2	代名詞	I 我	love 愛	her. 她。
3	不定詞片語	I 我	want 想要	to take a shower. 洗個澡。
4	動名詞片語	I 我	don't mind 不在乎	opening the windows. 打開窗戶。
5	名詞片語	I 我	didn't know 不知道	what to do. 該做什麼。
6	名詞子句	I 我	don't know 不知道	that she is a musician 她是一位音樂家。

1-4 第四句型 S ＋ V ＋ IO ＋ DO

第四句型的功能

第四句型=主詞（S）＋述詞（V）＋間接受詞（IO）＋直接受詞（DO）

第四句型=主詞（S）＋述詞（V）＋直接受詞（DO）＋介詞（to, for, of）＋間接受詞（IO）

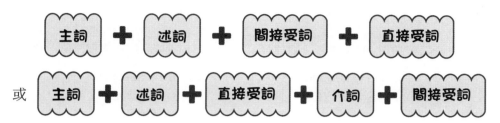

圖 1-4　第四句型的結構

其中述詞因不需要補語，但需要受詞，故也是一種完全及物動詞。但它需要二個受詞：間接受詞（IO）及直接受詞（DO）。凡萬物之動作及於二個不對等而具有「擁有」關係的事物者均屬之，例如：give（給），buy（買給），send（送給），write（寫給），leave（留給），tell（告訴），teach（教導），show（展示），save（節省），promise（承諾），win（贏得）等。例如「I gave him a book.」間接受詞（IO）=him，直接受詞（DO）=a book，中文意義為「我給他（間接受詞）一本書（直接受詞）」，故稱為授與動詞（雙受詞動詞）。舉例如下：

例句	結構			
	主詞	述詞	間接受詞	直接受詞
1	He 他	gave 給	me 我	some advice. 一些忠告。
2	He 他	lent 借給	me 我	a dictionary. 一本字典。
3	He 他	sent 送給	me 我	the flowers. 這些花。
4	He 他	bought 買給	me 我	a cute dog. 一隻可愛的狗。

第四句型的結構

基本上，第四句型可視為第三句型加上另一個第三句型，但這二句的主詞與動詞正好相同，即

第三句型 ＋ 第三句型 = 第四句型

$$S ＋ V ＋ O1（人）＋ S ＋ V ＋ O2（物）$$

$$= S + V + O1（人）+ O2（物）$$
$$= S + V + IO（人）+ DO（物）$$

其中O1通常是人，稱間接受詞（IO），O2通常是物，稱直接受詞（DO）。

第三句型	第三句型
He asked me. 　S　　V　　O1 他問我。	He asked a question. 　S　　V　　O2 他問一個問題。

第四句型
He asked me a question. 　S　　V　　IO　DO 他問我一個問題。

第四句型＝主詞（S）＋述詞（V）＋間接受詞（IO）＋直接受詞（DO），其中代表「事物」的直接受詞的變化很多：

主詞	授與動詞	間接受詞	直接受詞
主詞	give, buy, send, tell, teach, show, write, leave, save, promise, win	間接受詞	名詞 名詞片語 名詞子句

舉例如下：

例句	直接受詞種類	結構			
		主詞	述詞	間接受詞	直接受詞
1	名詞	He 他	told 告訴	me 我	the method. 這個方法。
2	名詞片語	He 他	told 告訴	me 我	what to do. 該做什麼。
3	名詞子句	He 他	told 告訴	me 我	what I should do. 我應該做什麼。

第四句型公式也可用下式代替：

公式 2: S ＋ V ＋ DO ＋介詞（to, for, of）＋ IO

● 一般動詞用to為介詞。

● 少數動詞（buy, save, leave, get, lose等動詞）需用for為介詞。

● ask動詞需用of為介詞。

例句	結構				
	主詞	述詞	直接受詞	介詞	間接受詞
1	He 他	told 說	the method 這個方法	to 給	me. 我。
2	He 他	bought 買	a cute dog 一隻可愛的狗	for 給	me. 我。
3	He 他	asked 借	several questions 一本字典	of 給	me. 我。

1-5 第五句型 S＋V＋O＋C

第五句型的功能

第五句型=主詞（S）＋述詞（V）＋受詞（O）＋受詞補語（C），其中述詞因需要受詞，且需要受詞補語，故稱不完全及物動詞。凡萬物之動作及於一個事物並使其產生動作者均屬之，而此一產生之動作即受詞補語。少數的及物動詞屬於此類，包括使役動詞、感官動詞以及部分及物動詞：

● 使役動詞：have（使；讓），make（使；讓），let（使；讓）…等。

● 感官動詞：watch（看到），see（看到），hear（聽到），feel（感到），find（發現）…等。

● 其他不完全及物動詞：keep（保持），get（使），render（使），elect（選舉），appoint（任命），call（稱呼），name（命名），think（認為），consider（認為），believe（相信），suppose（假設），paint（油漆…成），cut（切斷…成）…等。

舉例如下：

例句	動詞種類	結構			
		主詞	述詞	受詞	受詞補語
1	使役動詞	He 他	made 使得	the crowd 那群眾	keep silence. 保持安靜。
2	感官動詞	I 我	saw 看到	him 他	enter the court. 進入法院。

例句	動詞種類	結構			
		主詞	述詞	受詞	受詞補語
3	其他不完全及物動詞	We 我們	call 稱呼	him 他	teacher. 老師。
4		He 他	kept 使得	me 我	waiting a long time. 等了很久。
5		Most people 大部分人	thought 認為	him 他	guilty. 有罪。
6		They 他們	painted 油漆	the gate 那大門	green. 綠色的。

第五句型的結構

　　基本上，第五句型可視為第三句型加上另一個句子，這個句子可能是五大句型中的任一句型，但其主詞正好是在其前面的第三句型的受詞，即

第三句型 ＋ 任一句型 ＝ 第五句型

$$（S1 ＋ V1 ＋ O1）＋（S2 ＋ V2 ＋ X2）＝ S1 ＋ V1 ＋ O1 ＋ to V2 ＋ X2$$

　　其中O1＝S2。S2＋V2＋X2代表五大句型中的任一句型。以圖形來表達如圖1-5。

　　不定詞前面的受詞（O）為不定詞to V中動詞的意義上的主詞，不定詞中的動詞仍具動詞特性，可接受詞或副詞修飾語。例如：

I asked him to play the piano.
S　V　O　　　 C
我要求他彈鋼琴。

　　可以看成him是play的意義上的主詞，即play the piano的人是him，不是I。不定詞中的動詞play仍具動詞特性，後面接著受詞the piano。

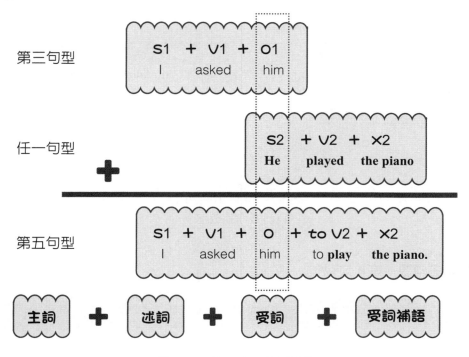

圖 1-5　第五句型的結構

例 1　第三句型＋第 1 句型

第三句型	第一句型
I informed him.	He comes.
S　V　O	S　V
我通知他。	他來。

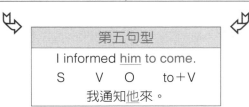

第五句型
I informed him to come.
S　V　O　to＋V
我通知他來。

例 2　第三句型＋第 2 句型

第三句型	第二句型
We think him.	He is honest.
S　V　O	S　V　C
我們認為他。	他是誠實的。

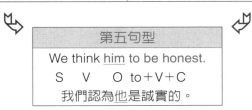

第五句型
We think him to be honest.
S　V　O to＋V＋C
我們認為他是誠實的。

15

例 **3** 第三句型＋第 **3** 句型

第三句型	第三句型
We want <u>you</u>. S　V　O 我們要<u>你</u>。	<u>You</u> finish it. S　V　O 你完成它。

第五句型
We want <u>you</u> to finish it. S　V　O　to＋V＋O 我們要<u>你</u>完成它。

 例 **4** 第三句型＋第 **4** 句型

第三句型	第四句型
He asked <u>us</u>. S　V　O 他要求<u>我們</u>。	<u>We</u> give him some money. S　V　IO　　DO 我們給他一些錢。

第五句型
He asked <u>us</u> to give him some money. S　　V　O　to＋V＋IO＋DO 他要求<u>我們</u>給他一些錢。

 例 **5** 第三句型＋第 **5** 句型

第三句型	第五句型
We found <u>the cold weather</u>. S　V　　O 我們發現<u>寒天</u>。	<u>The cold weather</u> turned the leaves red. S　　V　O　C 寒天轉變樹葉成紅色。

第五句型
We found <u>the cold weather</u> turn the leaves red. S　V　　O　　　（to）＋V＋O＋C 我們發現<u>寒天</u>轉變樹葉成紅色。 （found是感官動詞，to V中的to要省略，稱之為原形不定詞。）

　　當S＋V＋O＋to V之第一個V是使役動詞（如have, make, let），或感官動詞

（如watch, see, hear, feel, find）時，to V中的to要省略，稱之爲原形不定詞。

此外，當不定詞to V中的V是be動詞時，to be可以省略，例如：

They think <u>him</u> to be honest.　＝　They think <u>him</u> honest.
　　S　　V　　O　to＋V＋C　　　　　　S　　V　　O　　C
他們認爲<u>他</u>是誠實的。

這種省略to be的情形包括：

S ＋ V ＋ O ＋ to be ＋名詞.　➡　　S ＋ V ＋ O ＋名詞.

S ＋ V ＋ O ＋ to be ＋形容詞.　➡　　S ＋ V ＋ O ＋形容詞.

S ＋ V ＋ O ＋ to be ＋現在分詞. ➡　　S ＋ V ＋ O ＋現在分詞.

S ＋ V ＋ O ＋ to be ＋過去分詞. ➡　　S ＋ V ＋ O ＋過去分詞.

S ＋ V ＋ O ＋ to be ＋介詞片語. ➡　　S ＋ V ＋ O ＋介詞片語.

S ＋ V ＋ O ＋ to be ＋名詞子句. ➡　　S ＋ V ＋ O ＋名詞子句.

因此，第五句型=主詞（S）＋述詞（V）＋受詞（O）＋補語（C），其中補語的變化如下：

主詞	不完全及物動詞	受詞補語
主詞	● 使役動詞：have（使；讓），make（使；讓），let（使；讓） ● 感官動詞：watch（看到），see（看到），hear（聽到），feel（感到），find（發現） ● 其他不完全及物動詞：keep（保持），get（使），render（使），elect（選舉），appoint（任命），call（稱呼），name（命名），think（認為），consider（認為），believe（相信），suppose（假設），paint（油漆），cut（切斷）	名詞 形容詞 不定詞 原形不定詞 現在分詞 過去分詞 介詞片語 名詞子句

舉例如下：

例句	受詞補語種類	結構			
		主詞	述詞	受詞	受詞補語
1	名詞	I 我	found 發現	her 她	a famous expert. 為一位著名的專家。
2	形容詞	I 我	found 發現	her 她	very clever. 很聰明。
3	不定詞	I 我	found 發現	her 她	to be dishonest. 是不誠實的。
4	原形不定詞	I 我	found 發現	her 她	draw a picture. 畫了一幅圖畫。
5	現在分詞	I 我	found 發現	her 她	talking about you. 正在談論你。

例句	受詞補語種類	結構			
		主詞	述詞	受詞	受詞補語
6	過去分詞	I 我	found 發現	her 她	respected. 被尊敬。
7	介詞片語	I 我	found 發現	her 她	at home. 在家裡。
8	名詞子句	I 我	found 發現	her 她	what she used to be. 為她過去是什麼的樣子。

TAKE A BREAK

_____

_____

_____

_____

_____

_____

_____

_____

_____

_____

_____

_____

_____

_____

Lesson 2 句型的成分（一）：主詞的變化

章前重點

主詞是句子的必要成分，只要具有名詞功能的單字、片語、子句都可做主詞。

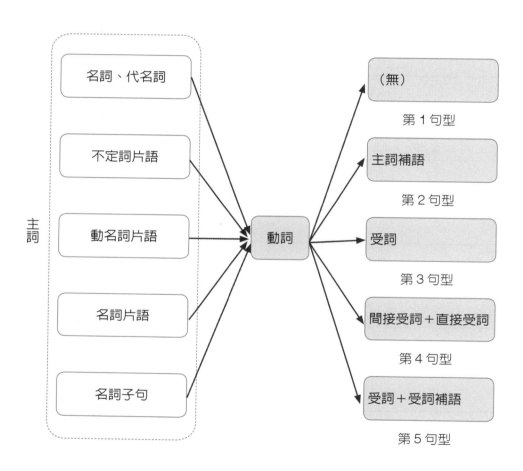

主詞
- 名詞、代名詞
- 不定詞片語
- 動名詞片語
- 名詞片語
- 名詞子句

→ 動詞 →

- （無）　　第 1 句型
- 主詞補語　　第 2 句型
- 受詞　　第 3 句型
- 間接受詞＋直接受詞　　第 4 句型
- 受詞＋受詞補語　　第 5 句型

五大句型（第一章）是英文的基石，本書在介紹完此基石後，再對其中的三個主要成分：主詞（第二章）、述詞（第三章）、修飾語（第四章）作進一步介紹。本章分三節介紹主詞變化：

節別	結構
第1節	主詞變化（一）各種主詞：名詞、代名詞、不定詞、動名詞、名詞片語、名詞子句
第2節	主詞變化（二）形式主詞：It句型
第3節	主詞變化（三）倒裝主詞：There句型

　　各舉一例如下：

修飾語		例句
各種主詞	名詞	The girl teaches us English. 這個女孩教我們英語。
	代名詞	She teaches us English. 她教我們英語。
	不定詞片語	To earn money is her purpose. 賺錢是她的目的。
	動名詞片語	Teaching us English is the girl's job. 教我們英語是那個女孩的工作。
	名詞片語	When to start her teaching is still unknown. 何時應該開始她的教學仍然是未知的。
	名詞子句	That the girl will teach us English is true. 那個女孩將教我們英語是真的。
形式主詞	It做不定詞的形式主詞	It is her purpose to earn money. 賺取她的錢是她的目的。
	It做動名詞的形式主詞	It is the girl's job teaching us English. 教我們英語是那個女孩的工作。
	It做名詞子句形式主詞	It is true that the girl will teach us English. 那個女孩將教我們英語是真的。
倒裝主詞 （There句型）		There is an English teacher in our school. 在我們的學校有一位英文老師。

2-1 主詞的變化（一）各種主詞

主詞的功能

　　主詞為句子所述的動作、狀態的主人，因此五大句型均有主詞：

第一句型＝S＋V

第二句型＝S＋V＋C

第三句型＝S＋V＋O

第四句型＝S＋V＋IO＋DO

第五句型＝S＋V＋O＋C

主詞的結構

主詞必定為具有名詞性質之詞彙，包括：

主詞	例句
名詞	The news of his failure drove him mad. 他的失敗的消息使得他瘋了。
代名詞	He likes the new method. 他喜歡這新方法。
不定詞	To see others' faults is easy. 看見他人的缺點是容易的。
動名詞	Teaching language is an interesting job. 教語言是件有趣的工作。
名詞片語	When to start his journey is still unknown. 何時應該開始他的旅行仍然是未知的。
名詞子句	That he will refuse the offer is unlikely. 他將拒絕這提議是不可能的。

2-2 主詞的變化（二）形式主詞：It 句型

It 的功能

代名詞 It 在英文中句有特殊的重要性，因為它具有四個重要的功能：代名詞、形式主詞、形式受詞、強調構句。其中後三者是在中文中沒有，但在英文中卻是非常有用的功能，因此讀者必須徹底了解 It 一字的各種用法。

It 的結構

（一）代名詞

It 是代名詞，除可代替普通名詞，也可代替天候、時間、距離、情況等：

1. When a body is heated, it will expand.
   當物體被加熱時，它將膨脹。（It＝普通代名詞）

2. It began to rain.

天氣開始下雨。（It＝天候）

3. It is twelve o'clock.

時間是十二點了。（It＝時間）

4. It is half a mile away.

距離是半哩遠。（It＝距離）

5. It seems that his father is very angry.

情況似乎是他的父親是很生氣的。（It＝情況）

（二）形式主詞

當主詞是不定詞片語、動名詞片語、名詞子句時，往往要把主詞放在後面，而用‘It’放在句首作爲形式主詞。例如：

$$S（＝不定詞片語，動名詞片語，名詞子句）＋V＋…$$
$$＝It＋V＋…＋S（＝不定詞片語，動名詞片語，名詞子句）$$

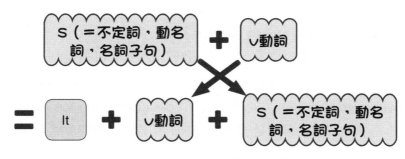

圖 2-1　形式主詞的結構

1. To drive machines requires power. ＝ It requires power to drive machines.

開動機器需要動力。（It＝不定詞片語的形式主詞）

2. Trying to persuade him is no use. ＝ It is no use trying to persuade him.

想說服他是沒有用的。（It＝動名詞片語的形式主詞）

3. That you didn't know such a thing is strange.

＝ It is strange that you didn't know such a thing.

你不知道這樣的事是奇怪的。（It＝名詞子句的形式主詞）

（三）形式受詞

當受詞是不定詞片語、動名詞片語、名詞子句時，往往要把受詞放在後面，而用‘it’放在正常的受詞處作爲形式受詞。例如：

Lesson **2**

句型的成分（一）：主詞的變化

23

$$S＋V＋O（＝不定詞片語，動名詞片語，名詞子句）＋C$$
$$＝S＋V＋it＋C＋O（＝不定詞片語，動名詞片語，名詞子句）$$

圖 2-2　形式受詞的結構

1.　I found to treat them kindly my duty

　　＝ I found it my duty to treat them kindly.

　　我發覺親切對待他們是我的責任。（it ＝不定詞片語的形式受詞）

2.　I find walking in the rain very unpleasant.

　　＝ I find it very unpleasant walking in the rain.

　　我認為在雨中行走是不舒服的。（it ＝動名詞片語的形式受詞）

3.　I took that you were fully acquainted with the facts for granted.

　　＝ I took it for granted that you were fully acquainted with the facts.

　　我認為你完全熟悉那些事實是當然的。（it ＝名詞子句的形式受詞）

（四）強調構句

　　It也可用在強調句子中的某些成分，例如主詞、受詞等。

1.　The price surprised him.

　＝ It was the price that surprised him.

　　正是價格驚嚇他。（強調主詞the price）

2.　We found his remarks very unpleasant.

　＝ It was his remarks which we found very unpleasant.

　　正是他的話我們發覺很令人不舒服。（強調受詞his remarks）

2-3 主詞的變化（三）倒裝主詞：There 句型

There 句型的功能

　　英文中常使用There句型：

There ＋ V ＋ S ＋（介詞片語）

事實上There句型是第一句型的倒裝變形句。其中There是副詞，相當於中文的「這裡」，V通常是意思為「存在」的be動詞或其他完全不及物動詞，主詞放在動詞之後。There句型相當於中文的「有」。但是There和have、has等的意義不同：

- have、has（具有）：表示事物之間的「擁有關係」，主詞在動詞之前。
- There（存有）：表示事物在空間中的「存在關係」，主詞在動詞之後。表示主詞所「存在」的空間則用放在句末的介詞片語來表示。

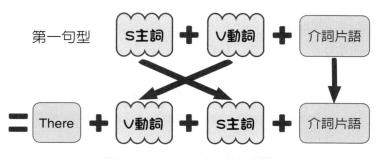

圖 2-3　There 句型的結構

舉例如下：

	have、has（具有）	There（存有）
1	He has a new book. 他有一本新書。 （He是有生命的東西，用has表示「擁有」。）	There is a new book on the shelf. 有一本新書在架子上。 （shelf是沒有生命的東西，用There is表示新書「存在」架子上。）
2	We have two children. 我們有兩個孩子。 （We是有生命的東西，用have表示「擁有」。）	There are two children in the garden. 有兩個孩子在花園裡。 （garden是沒有生命的東西，用There is表示孩子「存在」花園中。）

但假如一事物是另一個事物的一部分，兩事物是不可分割的，則可以用has、have等。例如：

- The room has two windows.
  那間房有兩扇窗。（two windows是room的一部分，兩者是不可分割的）
- A table has four legs.
  一張桌子有四隻腳。
- A triangle has three angles.
  一個三角形有三個角。

There 句型的結構

There的句型是第一句型的倒裝變形：

S＋V＋（介詞片語）
＝ There ＋ V ＋ S ＋（介詞片語）
＝（介詞片語）＋ there ＋ V ＋ S

There是副詞，當然不可能是主詞，但初學者常因There在句首就誤以為There是主詞，其實主詞是在動詞後的名詞。There句型中的述詞通常為be動詞，但也可用其他完全不及物動詞（如happen, exist）。此外，其述詞也可有時式變化，或加入助動詞輔助。There句型也可以否定句、疑問句型式表現。各舉一例如下：

句型	例句
There ＋ be動詞	There are nine known planets in the solar system. 有九個已知行星在太陽系中。
There ＋其他完全不及物動詞	There happened to be an empty car nearby. 碰巧有一輛空車在附近。
時式	There were a lot of trees near the door. 過去有許多樹在靠近門邊。
助動詞	There may be a little difficulty in the problem. 可能有一些困難在這問題中。
否定句	There are not any books on the shelf. 沒有任何書在書架上。
疑問句	Are there any apples in the box? 有任何蘋果在箱子裡嗎？

TAKE A BREAK

Lesson 3 句型的成分（二）：述詞的變化

章前重點

述詞是句子的必要成分，有時式、語態、語氣、助動詞等四種變化。

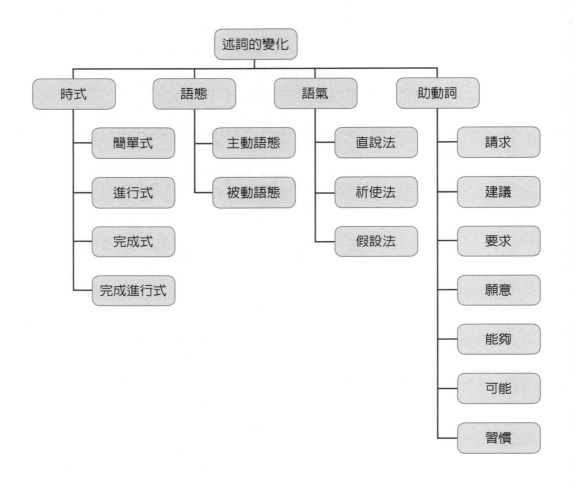

本章分四節介紹述詞變化：

節別	結構
第1節	述詞變化（一）時式：十二時式
第2節	述詞變化（二）語態：主動與被動語態
第3節	述詞變化（三）語氣：直說法、祈使法、假設法語氣
第4節	述詞變化（四）助動詞：請求、建議、要求、願意、能夠、可能、習慣

各舉一例如下：

變化	例句
時式	➡The girl teaches us English. 那個女孩教我們英語。（現在式） ➡The girl taught us English. 那個女孩教過我們英語。（過去式） ➡The girl will teach us English. 那個女孩將教我們英語。（未來式）
語態	➡We are taught English by the girl. 我們被教英語由那個女孩。（被動語態現在式） ➡We were taught English by the girl. 我們被教過英語由那個女孩。（被動語態過去式） ➡We will be taught English by the girl. 我們將被教英語由那個女孩。（被動語態未來式）
語氣	➡The girl teaches us English. 那個女孩教我們英語。（直述語氣） ➡Let the girl teach us English. 讓那個女孩教我們英語。（祈使語氣） ➡If we had been quiet, the girl would have taught us English. 假如我們過去曾經安靜，那女孩會已經教過我們英語。（假設語氣）
助動詞	➡The girl must teach us English. 那個女孩必須教我們英語。（要求） ➡The girl can teach us English. 那個女孩能夠教我們英語。（能力） ➡The girl may teach us English. 那個女孩可能教我們英語。（可能）

3-1　述詞變化（一）時式：十二時式

時式的功能

　　中英文的一大差異為時式，在英文中有結構明確，定義清楚的十二時式，用以表達述詞的時間性。

	簡單式	完成式	進行式	完成進行式
過去	簡單過去式 —●— 曾~	過去完成式 —●┤— 曾已經~	過去進行式 —●→— 曾正在~	過去完成進行式 —●│→ 曾持續~
現在	簡單現在式 —●— ~	現在完成式 —●┤— 已經~	現在進行式 —●→— 正在~	現在完成進行式 —●│→ 持續~
未來	簡單未來式 —●— 將~	未來完成式 —●┤— 將已經~	未來進行式 —●→— 將正在~	未來完成進行式 —●┤→ 將持續~

圖 3-1　十二時式圖解 （中文的過去與現在是用時間副詞來表達）

時式的結構

十二時式的公式如下：

時式	例句
1.簡單現在式	公式: 現在式動詞 I study every day. 我每天研讀。
2.簡單過去式	公式: 過去式動詞 I studied last night. 我昨晚曾研讀。
3.簡單未來式	公式: shall （will） ＋ 原形動詞 I will study tonight. 我今晚將研讀。
4.現在完成式	公式: have （has） ＋ 過去分詞 I have already studied for two hours. 我已經研讀二個小時。
5.過去完成式	公式: had ＋ 過去分詞 I had already studied for two hours when you arrived. 我曾已經研讀二個小時，當你到達時。
6.未來完成式	公式: shall （will） ＋ have ＋ 過去分詞 I will already have studied for two hours when you arrive. 我將已經研讀二個小時，當你到達時。
7.現在進行式	公式: am （is, are） ＋ 現在分詞 I am studying right now. 我現在正在研讀。
8.過去進行式	公式: was （were） ＋ 現在分詞 I was studying when you arrived. 我曾正在研讀，當你到達時。

9.未來進行式	公式: shall （will） ＋ be ＋ 現在分詞	
	I will be studying when you arrive.	
	我將正在研讀，當你到達時。	
10.現在完成進行式	公式: have (has) ＋ been ＋ 現在分詞	
	I have been studying for two hours.	
	我持續研讀二個小時。	
11.過去完成進行式	公式: had ＋ been ＋ 現在分詞	
	I had been studying for two hours before you arrived.	
	我曾持續研讀二個小時，在你到達之前。	
12.未來完成進行式	公式: shall （will） ＋ have ＋ been ＋ 現在分詞	
	I will have been studying for two hours by the time you arrive.	
	我將持續研讀二個小時，到你到達之前。	

3-2 述詞變化（二）語態：主動與被動語態

語態的功能

　　中英文的一大差異為語態，即主動語態與被動語態，在英文中有結構明確，定義清楚的語態，用以表達述詞的主動或被動性。只有及物動詞才有被動語態，例如：

	主動語態	被動語態
不及物動詞	An accident happened. 意外發生了。	
及物動詞	Mary helped the boy. Mary幫助那男孩。	The boy was helped by Mary. 那男孩被Mary幫助。

語態的結構

被動語態公式

　　因為及物動詞才有被動語態，因此第一與第二句型沒有被動語態公式，第三、第四與第五句型的被動語態公式如下：

主動語態	被動語態公式
第三句型S＋V＋O	S ＋ be ＋ 過去分詞 （＋ by ＋ 受詞）
Tom broke the window.	The window was broken by Tom.
S　　V　　　O	S　　　　　V
Tom 打破　　窗戶。	窗戶　　被打破　被 Tom。

第四句型S＋V＋IO＋DO	S ＋ be ＋ 過去分詞 ＋ O （＋ by ＋ 受詞）
He teaches the pupils Math. 　S　　V　　　IO　　　DO 　他　教　　學童們　　數學。	●The pupils are taught Math by him. 　S（原IO）　V　　　O（原DO） 　學童們　被教　　數學　　被他。 ●Math is taught to the pupils by him. 　S（原DO）V　　　O（原IO） 　數學　被教　　學童們　　被他。
第五句型S＋V＋O＋C	S ＋ be ＋ 過去分詞 ＋ C （＋ by ＋ 受詞）
The book made him happy. 　S　　　V　　O　　C 　這本書　使得　他　快樂。	He was made happy by the book. 　S　　V　　　C 　他　被逗得　快樂　被這本書。

　　注意原來主動的第三，第四與第五句型在改成被動語態後，將「be ＋ 過去分詞」視為動詞片語，則可分別可視為第一，第三與第二句型：

第三句型S＋V＋O　　　➡　　第一句型S＋V

第四句型S＋V＋IO＋DO ➡　　第三句型S＋V＋O

第五句型S＋V＋O＋C　➡　　第二句型S＋V＋C

動作的發動者之表達

A. 不表達動作的發動者

當動作者是誰並不重要時可以不表達。例如：

1. The olive oil was imported from Spain.（某人）
橄欖油被從西班牙進口。

2. That sweater was made in China.（某人）
那毛衣在中國被製造。

3. That house was built in 1940.（某人）
那房子在1940年被建造。

4. Spanish is spoken in Colombia.（某民族）
西班牙語在哥倫比亞被說。

B. 表達動作的發動者：by 介詞 ＋ 受詞

當動作者是誰需表達時，通常用介詞by。例如：

1. The book was written by Mark Twain.
這本書被Mark Twain寫出來。

2. This rug was made by my aunt.

這地毯被我嬸嬸作出來。

C. 表達動作的發動者：by 以外介詞 ＋ 受詞

當動作者是誰需表達時，少數動詞須接in, with, to等介詞，而非by。例如：

1. I am interested in Chinese art.

我被中國藝術吸引。

2. He is satisfied with his job.

他對他的工作滿足。

3. She is married to Alex.

她和Alex結婚。

3-3 述詞變化（三）語氣：直說法、祈使法、假設法

語氣的功能

英文有三種語氣：

1. 直說法：一般的句子就是直說法。
2. 祈使法：用來表示命令、指示、請求。
3. 假設法：用來表示可能或假設。

其中假設法更是英文的一大特徵，在英文中有結構明確，定義清楚的假設語氣，用以表達述詞的可能或假設。假設法的功能可分成四種：

假設法	功能	描述的事件時間點
現在式	可能發生之假設 ➡如果（可能之假設）	現在可能發生
未來式	與將來事實相反之假設 ➡萬一（低可能之假設）	將來事實相反
過去式	與現在事實相反之假設 ➡假如（不可能之假設）	現在事實相反
過去完成式	與過去事實相反之假設 ➡假如（不可能之假設）	過去事實相反

語氣的結構

假設法常以副詞子句來表現，其中最常用的為If副詞子句：

假設法	條件子句	主要子句
現在式	If ＋ S ＋現在式動詞,	S ＋ 現在式動詞（或未來式）
未來式	If ＋ S ＋should（或were to）＋ 原形動詞,	S ＋ would ＋ 原形動詞
過去式	If ＋ S ＋過去式動詞（或were）,	S ＋ would ＋ 原形動詞
過去完成式	If ＋ S ＋had ＋ 過去分詞,	S ＋ would ＋ have ＋ 過去分詞

If副詞子句假設法例句如下：

假設法	例句
現在式	If I am right, you are wrong. 如果我是對的，你便是錯的。（➡我可能是對的。）
未來式	If my father should come, he would give me a present. 萬一我父親來，他會給我一份禮物。（➡未來我父親不太可能來。）
過去式	If I were you, I should not go. 假如我是你，我不會去。（➡現在我不是你。）
過去完成式	If he had helped me, I should have been successful. 假如他曾經幫助我，我會已經是成功的了。（➡過去他沒幫助我。）

假設法也可用副詞子句以外的方式來表現：

表達法	例句
wish	I wish I were more careful. 我但願我是更小心的。
助動詞	Any girl dressed like that would be laughed at. 任何穿著像那樣的女孩會被嘲笑。
介詞片語	In case of fire, shout the alarm. 萬一有火災時，要大聲告急。
對等子句	Hurry up, and you will catch the train. 快一點，則你將趕上那火車。
分詞構句	Reading in a poor light, you might damage your eyesight. 在光線不良處看書，你可能會傷害你的視力。
承轉副詞	I must start off at once. Otherwise, I would have missed the last train. 我必須馬上出發。否則，我會錯過最後一班火車。

3-4　述詞變化（四）助動詞

助動詞的功能

助動詞的目的在於輔助說明動詞，例如：

➡ He swims. 我游泳。（只表示他游泳這個事實）

➡ He can swim. 我能夠游泳。（表示他有能力游泳）

➡ He must swim. 我必須游泳。（表示他必須游泳，不可以不游泳）

助動詞依功能可分成七大類：

特性	功能	意義	主要助動詞	
溝通行為	軟性	請求	要人做事，訴諸以情。	may（might），will（would），can（could）
	中性	建議	要人做事，訴諸以理。	could
	硬性	要求	要人做事，訴諸以法。	must, should, may, don't have to, shouldn't, mustn't
內在行為	主觀	願意	有動機做某事。	will, would
	客觀	能夠	有能力做某事。	can, could
外在行為	未知	可能	有可能做某事。	must, may（might），must have, may（might）have
	已知	習慣	有習慣做某事。	be used to, used to

助動詞的結構

助動詞加在動詞之前，二者合起來可視爲一個動詞片語。

公式：S＋助動詞＋V＋X…

依助動詞的功能舉例如下：

功能	例句
請求	1.請求允許： 　(a)Might（或May）I borrow your pen？　我可以借你的筆嗎？ 　(b)Could（或Can）I borrow your pen？　我可以借你的筆嗎？ 2.請求幫忙： 　(a)Would（或Will）you open the door？　你願意打開窗戶嗎？ 　(b)Could（或Can）you open the door？　你可以打開窗戶嗎？
建議	（It's hot today.） You could go to the beach. 你們可以去海灘。

功能	例句
要求	1.必須（100%）：must, have to （I have a very important test tomorrow.） (a)I must study tonight.　我今晚必須讀書。 (b)I have to study tonight.　我今晚必須讀書。 2.應該（90%）：should, had better （My clothes are dirty.） (a)I should wash them.　我應該洗它們。 (b)I had better wash them.　我最好洗它們。 3.可以（50%）：may, can (a)You may have an apple after dinner.　你可以晚餐後吃個蘋果。 (b)You can have an apple after dinner.　你可以晚餐後吃個蘋果。 4.不必要（-50%）：don't have to (a)I don't have to study tonight.　我今晚不必讀書。 (b)She doesn't have to go to class.　她不必去上課。 5.不應該（-90%）：shouldn't, had better not （You need your sleep.） (a)You shouldn't stay up late.　你不應該熬夜到很晚。 (b)You had better not stay up late.　你最好不要熬夜到很晚。 6.不可以（-100%）：mustn't, may not, can't (a)You must not play with matches!　你們不可以玩火柴。 (b)You may not have a cookie.　你們不可以吃餅乾。 (c)We can not open that door.　我們不可以打開那個門。
願意	(a)The phone's ringing. I will get it. 電話響了。我願意接它。（使用will） (b)I would rather have an apple than （have） an orange. 我寧願吃一個蘋果，也不願吃一個橘子。（使用would）
能夠	1.現在能力：can, can't (a)肯定的：He can play the piano. 他能夠彈鋼琴。 (b)否定的：I can't understand that sentence. 我不能夠了解那句子。 2.過去能力：could, couldn't (a)肯定的：Our son could talk when he was two years old. 我們的兒子能夠說話，當他二歲時。 (b)否定的：They couldn't come to class yesterday. 昨天他們不能夠去上課。

功能	例句
可能	1.現在可能： 　⑷合理推論（90%）：must 　　He plays tennis every day. He must like to play it. 　　他每天打網球。他一定喜歡打網球。 　⒝可能猜測（50%）：may（或might） 　　It may（或might）rain tomorrow. 　　明天可能下雨。 2.過去可能： 　⑷合理推論（90%）：must have 　　He looked pale. He must have been sick. 　　他看起來蒼白。他一定生過病。 　⒝可能猜測（50%）：may（或might）have 　　He may（或might）have been sick. 　　他可能生過病。
習慣	1.現在習慣：be used to ＋ Ving 　He is used to living in Chicago.　他一直住在芝加哥。 2.過去習慣：used to ＋ V 　He used to live in Chicago.　他過去一直住在芝加哥。

Lesson 4 句型的成分（三）：修飾語的變化

章前重點

　　修飾語分成形容詞性修飾語、副詞性修飾語。雖然修飾語不是語法結構的要素，但仍是語意表達不可或缺的成分。

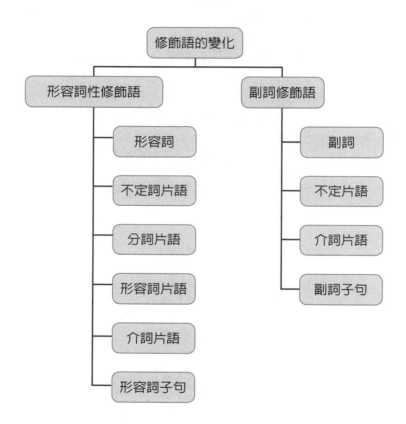

本章分二節介紹修飾語變化：

節別	結構
第1節	修飾語變化（一）形容詞性修飾語
第2節	修飾語變化（二）副詞性修飾語

各舉一例如下：

修飾語		例句
形容詞修飾語	形容詞	She is a famous teacher. 她是一位出名的教師。（修飾主詞補語teacher）
	不定詞片語	We need someone to teach us English. 我們需要一個教我們英語的人。（修飾受詞someone）
	分詞片語	The girl called Mary teaches us English. 那個叫做瑪麗的女孩教我們英語。（修飾主詞The girl）
	形容詞片語	The girl teaches us English suitable for our jobs. 那個女孩教我們適合我們工作的英語。（修飾直接受詞English）
	介詞片語	She is a teacher of our school. 她是一位我們學校的教師。（修飾主詞補語teacher）
	形容詞子句	The girl who looks beautiful teaches us English. 看起來美麗的那個女孩教我們英語。（修飾主詞The girl）
副詞修飾語	副詞	The girl teaches us English very hard. 那個女孩教我們英語很努力。（修飾動詞teach）
	不定詞片語	The girl teaches us English to earn money. 那個女孩教我們英語來賺錢。（修飾動詞teach）
	介詞片語	She has taught us English for a very long time. 她已經教我們英語一段很長的時間。（修飾動詞teach）
	副詞子句	The girl was teaching us English when they entered the hall, 她正在教我們英語，當他們進入大廳時。（修飾動詞teach）

4-1　形容詞性修飾語

形容詞修飾語修飾的對象

可以做為主詞、受詞、補語的名詞經常以形容詞修飾語來強化其描述。

修飾的對象	例句
主詞	Too much praise is a burden. 太多的讚美是負擔。（人怕出名豬怕肥。）（形容詞修飾主詞）
受詞	Success grows out of struggles to overcome difficulties. 成功成長出自克服困難的奮鬥中。（不定詞片語修飾受詞）

| 補語 | Life is but a walking <u>shadow</u>.
人生不過是走動的<u>影子</u>。（人生如朝露。）（分詞片語修飾補語） |

形容詞修飾語的結構

可以做為形容詞修飾語的包括下表：

結構	例句
形容詞	A great tree attracts the wind. 大樹吸引風。（樹大招風。）
不定詞片語	The way to be safe is never to feel secure. 安全之道就是永不覺得安全。（居安思危。）
分詞片語	Dying men speak true. 垂死的人說真話。（人之將死，其言也善。）
形容詞片語	A man apt to promise is apt to forget. 易於承諾的人易於遺忘。（輕諾必寡信）
介詞片語	A rose by any other name would smell as sweet. 用任何其他名字的玫瑰將聞起來同樣芬芳。
形容詞子句	He who teaches learns. 教學的人學習。（教學相長。）

4-2　副詞性修飾語

副詞修飾語修飾的對象

動詞、形容詞、副詞經常以副詞修飾語來強化其描述：

修飾的對象	例句
動詞	Life <u>begins</u> at forty. 　　　↳動詞↳副詞修飾語（介詞片語） 人生在四十歲開始。（人生四十才開始。） （動詞begin被介詞片語at forty 修飾）
形容詞	↗副詞修飾語（副詞） Too <u>much</u> praise is a burden. 　　　　↳形容詞 太多的讚美是負擔。（人怕出名豬怕肥。） （形容詞much被副詞too修飾）
副詞	One is never <u>too</u> old to learn. 　　　　　↳副詞　↳副詞修飾語（不定詞片語） 一個人永遠不會<u>太</u>老<u>到不能</u>學習。（活到老學到老。） （副詞too被不定詞片語to learn修飾）

副詞修飾語可以用在五大句型：

句型	例句
第一句型 S+V	Christmas comes but once a year. 　　S　　V　　　副詞修飾語（副詞） 聖誕節來臨一年只一次。（佳節難逢。）
第二句型 S+V+C	Labor is essential to happiness. 　　S　V　　C　　　副詞修飾語（介詞片語） 勤勞對於快樂是必要的。
第三句型 S+V+O	You must lose a fly to catch a trout. 　　S　　V　　　O　副詞修飾語（不定詞片語） 你必須損失隻蒼蠅以捉鱒魚。（無本不生利。）
第四句型 S+V+IO+DO	Every failure teaches a man something if he will but learn. 　　　　S　　　　V　　　IO　　　DO　　　副詞修飾語（副詞子句） 每次的失敗都會教他一些，如果他願意學習。
第五句型 S+V+O+C	A painful experience makes us cautious in the future. 　　　　S　　　　　V　　O　　C　　　副詞修飾語（介詞片語） 痛苦的經驗使我們在未來謹慎。

副詞修飾語的結構

可以做為副詞修飾語的包括：

● 副詞
● 不定詞片語
● 介詞片語
● 副詞子句

結構	例句
副詞	Good things are seldom cheap. 好東西很少是便宜的。
不定詞片語	Experience is hard to buy on the easy payment plan. 經驗是難以用輕鬆的分期付款方式買到。
介詞片語	You cannot burn the candle at both ends. 你不可以燒蠟燭在兩端。（不要操勞過度，免得消耗身心。）
副詞子句	The moon is not seen where the sun shines. 月亮不被看見，在太陽照耀的地方。（小巫見大巫。）

句型的擴充（一）：片語

章 前 重 點

　　片語從結構來看可分成：不定詞片語、動名詞片語、分詞片語、形容詞片語、介詞片語，具有名詞、形容詞、副詞等功能。

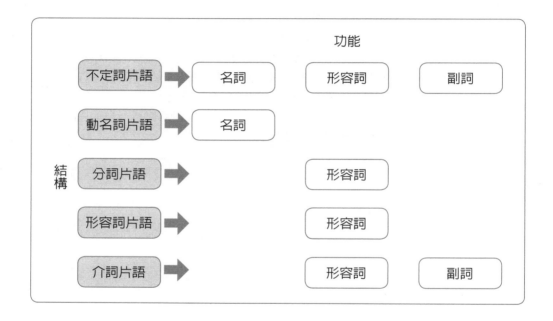

功能

結構		名詞	形容詞	副詞
	不定詞片語 ➡	名詞	形容詞	副詞
	動名詞片語 ➡	名詞		
	分詞片語 ➡		形容詞	
	形容詞片語 ➡		形容詞	
	介詞片語 ➡		形容詞	副詞

五大句型是英文的基石，本書在介紹完此基石後，再對其中的三個主要成分：主詞、述詞、修飾語作進一步介紹。為擴充五大句型的結構，再介紹更複雜的結構：片語（第五章）、子句（第六章）、句子（第七章）。本章分五節介紹五大片語：

節別	結構	功能
第1節	不定詞片語	名詞、形容詞、副詞
第2節	動名詞片語	名詞
第3節	分詞片語	形容詞
第4節	形容詞片語	形容詞
第5節	介詞片語	形容詞、副詞

各舉一例如下：

片語	功能	例句
不定詞片語	名詞	To earn money is her purpose. 賺錢是她的目的。（做為句子的主詞）
	修飾用形容詞	We need someone to teach us English. 我們需要一個教我們英語的人。（修飾受詞someone）
	補述用形容詞	The girl is to teach us English tomorrow. 那個女孩是預定明天教我們英語的。（做為主詞補語）
	副詞	The girl teaches us English to earn money. 那個女孩教我們英語來賺錢。（修飾動詞teaches）
動名詞片語	名詞	Teaching us English is the girl's job. 教我們英語是那個女孩的工作。（做為句子的主詞）
分詞片語	修飾用形容詞	The girl called Mary teaches us English. 那個叫做瑪麗的女孩教我們英語。（修飾主詞The girl）
	補述用形容詞	The girl got tired of teaching us English. 那個女孩變得厭煩教我們英語了。（做為主詞補語）
形容詞片語	修飾用形容詞	The girl teaches us English suitable for our jobs. 那個女孩教我們適合我們工作的英語。（修飾直接受詞English）
介詞片語	修飾用形容詞	The girl is an English teacher of our school. 那個女孩是一位我們學校的英文教師。（修飾主詞補語teacher）
	補述用形容詞	The girl considered herself above others. 那個女孩認為她自己高人一等。（做為受詞補語）
	副詞	The girl has taught us English for a very long time. 那個女孩已經教我們英語一段很長的時間。（修飾動詞teach）

5-1 不定詞片語

不定詞的功能

在英文中，不定詞是相當難以捉摸的，因爲它具有名詞、形容詞、副詞三大詞性，這或許就是叫它不定詞的原因。這爲判定句型，理解句意，帶來了很大的困擾。但也正因爲它可做名詞、形容詞、副詞這三種重要詞彙應用，因此在英文句型中應用極爲廣泛。征服了不定詞，大概就征服了英文句型的難關。

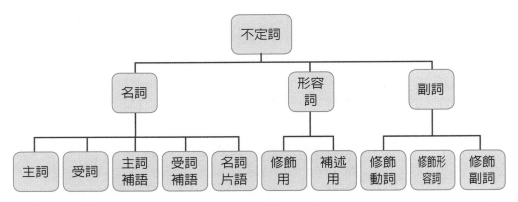

圖 5-1 不定詞的功能

首先簡介不定詞的名詞、形容詞、副詞三大詞性：

A. 名詞

1. 主詞

➡ To act like this is childish.
像這樣做是幼稚的。

2. 受詞

➡ I forget to inform her.
我忘記通知她。

3. 主詞補語

➡ To see is to believe.
看見才相信。

4. 受詞補語

➡ I should prefer you to change your plan.
我寧可你們改變你們的計畫。

5. 名詞片語

不定詞之前加疑問詞形成名詞片語，可做為主詞、受詞或補語：

➡ When to start his journey is still unknown.

何時應該開始他的旅行仍然是未知的。（When to start his journey=主詞）

➡ I haven't decided whether to go or not to go.

我尚未決定是否應該去或不去。（whether to go or not to go=受詞）

➡ My trouble is which to choose.

我的困難是應該選擇哪一個。（which to choose=主詞補語）

B. 形容詞

1. 修飾用形容詞

➡ The beggar wants something to eat.

那乞丐想要一些可吃的東西。（to eat修飾受詞something）

2. 補語用形容詞

➡ This garage is to let.

這個車庫是要出租的。（to let補述主詞This garage的預定狀態）

C. 副詞

1. 修飾動詞

表示目的：

➡ Grandpa told us a story to please us.

祖父告訴我們一個故事以取悅我們。

➡ He walked on tiptoe in order not to wake her.

他用腳尖走路以不吵醒她。

表示結果：

➡ She awoke to find that all this was a dream.

她醒來後發現這一切都是一場夢。

➡ I am not such a fool as to make an enemy of him.

我不是如此的笨蛋以致以他為敵。

2. 修飾形容詞

表示原因：

➡ I am glad to see you again.

我很高興再次見到你。（to see you again是glad的原因）

表示限定：

➡ We are ready to face any difficulties.

   我們是準備好面對任何困難。（to face any difficulties是ready的限定）

3. 修飾副詞

表示程度：

➡ He is not old enough to drink coffee.

   他不是老到足夠喝咖啡。（to drink coffee是enough的程度）

➡ He is too young to support himself.

   他是太年輕到不能扶養他自己。（to support himself是too的程度）

不定詞的結構

   不定詞因為具有動詞的性質，故

A. 可以帶受詞。

1. To do this is easy.

    做這件事是容易的。（this是do的受詞）

2. I forget to inform her.

    我忘記通知她。（her是inform的受詞）

B. 可以帶副詞或副詞片語。

1. To behave so badly is shameful.

    行為如此惡劣是可恥的。（so badly修飾behave）

2. She refused to kneel down.

    她拒絕跪下。（down修飾kneel）

C. 可以有完成式與被動式。

   不定詞的時式與語態：

	主動式	被動式
簡單式	to + V I expect you to do your duty. 我期望你盡你的職責。	to + be + 過去分詞 I cause this matter to be done. 我使這事被做完。
完成式	to + have + 過去分詞 I expect you to have done your duty. 我期望你已經盡你的職責。	to have + been + 過去分詞 I cause this matter to have been done. 我使這事已經被做完。

D. 可以有五大句型。

   不定詞片語雖無主詞，但仍可解析成五大句型之一。

第一句型：to V

第二句型：to V＋C

第三句型：to V＋O

第四句型：to V＋IO＋DO

第五句型：to V＋O＋C

舉例如下：

➡ I need a house to live in. 我需要一個可以住的房子。（第一句型 to V）

➡ I have no pen to write it. 我沒有可以寫它的筆。（第三句型 to V O）

➡ I have no need to have it painted. 我沒有使它被油漆的需要。（第五句型 to V O C）

5-2 動名詞片語

動名詞的功能

動名詞具有動詞與名詞的性質。因為具有名詞的性質故可做：

A. 主詞

➡ Serving the people is a pleasure. 服務大眾是個快樂。

B. 受詞

➡ I remember seeing him. 我記得見過他。

C. 補語

➡ My favorite pastime is reading. 我的最愛的消遣是閱讀。

動名詞的結構

動名詞因為具有動詞的性質，故

A. 可以帶受詞。

1. His hobby is collecting stamps.

   他的嗜好是集郵。（stamps是動名詞collecting的受詞）

2. Driving a car needs skills.

   駕駛汽車需要技巧。（car是動名詞driving的受詞）

3. We can't afford buying that dictionary.

   我們不能夠負擔得起買那本字典。（dictionary是動名詞buying的受詞）

B. 可以帶副詞或副詞片語。

1. He likes driving fast.

他喜歡開車很快。（副詞fast修飾動名詞driving）

2.　Smoking in bed may be dangerous.

在床上抽菸可能是危險的。（副詞片語in bed修飾smoking）

C. 可以有完成式與被動式。

	主動語態	被動語態
簡單式	Ving I remember seeing him. 我記得見過他。	Being ＋過去分詞 I don't like being disturbed. 我不喜歡被打擾。
完成式	Having ＋過去分詞 They were proud of having won the game. 他們自豪已經贏了比賽。	Having ＋ been ＋過去分詞 He never forgets having been helped. 他從不忘記已經被幫忙過。

D. 可以有五大句型。

動名詞片語雖無主詞，但仍可解析成五大句型之一。

第一句型：Ving

第二句型：Ving ＋ C

第三句型：Ving ＋ O

第四句型：Ving ＋ IO ＋ DO

第五句型：Ving ＋ O ＋ C

舉例如下：

➡ My favorite pastime is reading.　我的最愛的消遣是閱讀。（第一句型 Ving）

➡ I remember seeing him.　我記得見過他。（第三句型 Ving ＋ O）

➡ We can afford buying you the dictionary.　我們能夠負擔得起買給你這本字典。（第四句型 Ving＋IO＋DO）

5-3　分詞片語

分詞的功能

分詞包括現在分詞與過去分詞。分詞具有二元性，既具有動詞的性質，也具有形容詞的性質。因此，分詞有三大功能：

A. 動詞用法

1. 進行式（現在分詞）

➡ They are playing soccer. 他們正在玩足球。（現在分詞）

2. 完成式（過去分詞）

➡ I have already spent all my money. 我已經花費了所有我的錢。（過去分詞）

3. 被動式（過去分詞）

➡ The window was broken. 那窗戶被打破了。（過去分詞）

B. 形容詞用法

1. 前位修飾語

➡ The spoken language in Australia is English. 在澳洲的口說的語言是英語。

2. 後位修飾語

➡ The language spoken in Australia is English. 在澳洲口說的語言是英語。

3. 主詞補語

➡ I got tired of this work. 我變得厭煩這個工作。（過去分詞）

4. 受詞補語

➡ I heard Mary singing. 我聽到瑪麗正在唱歌。（現在分詞）

C. 副詞用法

　　分詞可形成分詞構句，具有類似副詞子句的功能，可視為副詞子句的省略句，故另立專章於副詞子句之後，本章不作介紹。在此只以一例句作說明：

➡ Because I admit what he says, I think he hasn't made a mistake.

= Admitting what he says, I think he hasn't made a mistake.

因為我承認他說的話，我認為他並未犯錯。

（省略了連接詞Because與主詞I，並將動詞admit變為分詞形式admitting。）

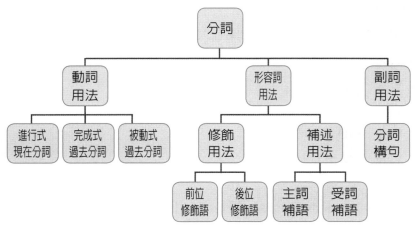

圖 5-2　分詞的功能

分詞的結構

分詞具有動詞的性質，故

A. 分詞分成現在分詞與過去分詞。

- 當要表達進行中或主動時可用現在分詞。
- 當要表達已完成或被動時可用過去分詞。

	現在分詞	過去分詞
前位修飾	He told us a very touching story. 他告訴我們一個令人感動的故事。	The torn sail of the ship has fallen. 那艘船的破損的帆已經掉下了。
後位修飾	The man wearing a hat is my friend. 戴帽子的人是我的朋友。	There is a mineral called magnetite. 有一種被叫做磁鐵礦的礦物。
主詞補語	She goes shopping once a week. 她去購物每週一次。	You will get punished someday. 你將會有一天被懲罰。
受詞補語	I saw her smoking. 我看見她正在抽煙。	I have my hair cut every month. 我讓我的頭髮每月被剪。

B. 可以帶受詞。

➡ We all listened to the orchestra playing a piece of classical music.
我們都傾聽那管弦樂隊正在演奏一首古典音樂。（分詞後接受詞）

C. 可以帶副詞或副詞片語。

➡ Can you see the fishing hook sinking into the water?
你看見那正沉入水裡的釣鉤嗎？（分詞後接副詞性修飾語用的介詞片語）

D. 可以有五大句型。

分詞片語雖無主詞，但仍可解析成五大句型之一。

第一句型：Ving

第二句型：Ving ＋ C

第三句型：Ving ＋ O

第四句型：Ving ＋ IO ＋ DO

第五句型：Ving ＋ O ＋ C

舉例如下：

➡ This is a mail written in English. 這是一封用英文寫的郵件。（第一句型 Ving）

➡ The man wearing a hat is my son. 戴帽子的人是我的兒子。（第三句型 Ving ＋ O）

➡ He is the boy making me angry. 他是使我生氣的男孩。（第五句型 Ving＋O＋C）

5-4 形容詞片語

形容詞片語的功能

　　形容詞片語是科技英文的一個特點，它是由一個形容詞與其後的副詞性修飾語（介詞片語或不定詞片語）構成，可作爲名詞的後位形容詞性修飾語。例如：

➡ Solids have a shape independent of the container.
固體有一個與容器無關的形狀。（of the container＝介詞片語）

➡ Atomic reactions in the sun build up heat sufficient to make light.
在太陽中的原子反應構成足夠產生光的熱。（to make light＝不定詞片語）

形容詞片語的結構

　　形容詞片語可以看成是形容詞子句的省略型。形容詞片語分二種均可視爲由形容詞子句省略了關係詞與be動詞後形成：

1. 名詞 ＋ 形容詞 ＋ 介詞片語

形容詞子句：When matter is changed to a substance which is different from what it was, the change is a chemical change.

形容詞片語：When matter is changed to a substance different from what it was, the change is a chemical change.
當物質變成與它過去的不同的物質時，這變化是化學變化。

2. 名詞 ＋ 形容詞 ＋ 不定詞片語

形容詞子句：Without forces which are sufficient to overcome the resistance, bodies at rest will never move.

形容詞片語：Without forces sufficient to overcome the resistance, bodies at rest will never move.
如果沒有足以克服阻力的作用力，靜止物體將永不運動。

5-5 介詞片語

介詞片語的功能

　　介詞片語可做形容詞或副詞之用：

A. 形容詞

介詞片語做形容詞時可做修飾用形容詞與補語用形容詞二種：

1. 修飾用形容詞

	修飾的對象	例句
1	修飾主詞 （S＋介詞片語＋V＋X）	➡ A bird in the hand is worth two in the bush. 在手中的一隻鳥值得在林中的二隻鳥。 ➡ Our purpose in life is to serve the people. 我們生活的目的是服務大眾。 ➡ All the static charge on a conductor lies on its surface. 在導體上的所有的靜電荷都在表面上。
2	修飾受詞 （S＋V＋O＋介詞片語）	➡ Force can change its uniform motion in a straight line. 力能夠改變它的在直線上的等速度運動。 ➡ The sun greatly affects the life upon the earth. 太陽很大地影響在地球上的生命。 ➡ I have never seen a cat with a white skin. 我從末見過一隻有白皮膚的貓。
3	修飾主詞補語 （S＋V＋C＋介詞片語）	➡ It is a picture of Marry and Tom. 這是瑪麗和湯姆的照片。 ➡ He is a man of strong will. 他是個意志堅強的人。 ➡ It is a matter of great importance. 它是很重要的事。
4	修飾受詞補語 （S＋V＋O＋C＋介詞片語）	➡ I consider him the greatest poet in the world. 我認為他為在這世界上的最偉大的詩人。 ➡ All of them crowned him king of the country. 他們大家擁立他為這國家的國王。 ➡ We chose Mr. Smith chairman of the meeting. 我們選舉史密斯先生為這會議的主席。

介詞片語可做形容詞性修飾語，依功能可分成：

	功能	例句
1	時間	➡ A stitch in time saves nine. 及時的一針省下九針。（及時行事，事半功倍。）
2	空間	➡ A bird in the hand is worth two in the bush. 在手中的一隻鳥值得在林中的兩隻鳥。
3	目的	➡ What is sauce for the goose is sauce for the gander. 為雌鵝的調味料的東西也是為雄鵝的調味料的東西。（依樣畫葫蘆）

4	條件	➡Experience without learning is better than learning without experience. 沒有學問的經驗好過沒有經驗的學問。
5	狀態	➡Gain at the expense of reputation should be called loss. 以名譽的代價的收獲應該被稱做損失。
6	比較	➡More than enough is too much. 超過足夠的多是太多。（見好就收。適可而止。）
7	手段	➡A rose by any other name would smell as sweet. 用任何其他名字的玫瑰將聞起來同樣芬芳。
8	資訊	➡There is no disputing about tastes. 沒有關於品味的爭論。（人各有所好。）
9	關係	➡A friend to everybody is a friend to nobody. 對每個人的朋友不是對任何人的朋友。
10	根源	➡There is no gratitude from the wicked. 沒有來自壞人的感恩。
11	妨礙	➡His illness prevented him from working. 他的病阻止他工作。

2. 補語用形容詞

	補述的角色	例句
1	主詞補語 S＋V＋C（=介詞片語）	➡We are at work. 我們在工作。 ➡We are at table. 我們在吃飯。 ➡Your plan is under consideration. 你的計畫在考慮中。 ➡He is above any classmates in mathematics. 他在數學方面在任何同學之上。 ➡I am in good health. 我很健康。 ➡It is of great use. 它很有用。 ➡This weighing scale is of high sensibility. 這台天平很靈敏。

2	受詞補語 S＋V＋O＋C（=介詞片語）	➡I felt the train in motion. 　我覺得火車在運動。 ➡They thought it of no use. 　他們認為它為沒用的。 ➡He considered himself above others. 　他認為自己為高人一等的。 ➡I found everything there in good order. 　我發現那裡一切為有秩序的。 ➡We regard him as our good friend. 　我們認為他為我們的好朋友。 ➡My teacher considers me as her daughter. 　我的老師視我為她的女兒。

B. 副詞

　　介詞片語做副詞時可用在五大句型中的任一句型以修飾述詞：

	句型	例句
1	第一句型 S＋V	➡The strength of the chain is in the weakest link. 　鎖鏈的強度在最弱的一環中。（小破綻壞全局。） （此處的is的意思為「存在」，故為第一句型） ➡Life begins at forty. 　人生在四十歲開始。（人生四十才開始。） ➡Appetite comes with eating. 　胃口隨吃而來。（食髓知味；得寸進尺。）
2	第二句型 S＋V＋C	➡Good medicine is bitter to the mouth. 　良藥對於口是苦的。（良藥苦口。） ➡The superior man is modest in speech, but surpassing in his actions. 　優秀者是在言語上謙虛，但是在行動上卓越。 ➡In all affairs, the beginning is difficult. 　在所有的事情中，開頭都是困難的。（萬事起頭難。）
3	第三句型 S＋V＋O	➡At the game's end, we shall see who gains. 　在比賽的結局，我們將看到誰獲勝。 ➡You cannot burn the candle at both ends. 　你不可以在兩端燒蠟燭。（不要操勞過度，免得消耗身心。） ➡You cannot get water out of a stone. 　你不能從石頭得到水。（比喻硬心腸的人不會幫助別人。）

4	第四句型 S＋V＋IO＋DO	➡Mary taught him computer at his office. 瑪麗在他的辦公室教他電腦。 ➡We bought him a computer game on his birthday. 我們在他的生日買給他一個電腦遊戲。 ➡A little wine won't do you harm at all. 少量的酒一點都不會造成你傷害。
5	第五句型 S＋V＋O＋C	➡A painful experience makes us cautious in the future. 痛苦的經驗使我們在未來謹慎。 ➡Keep your eyes wide open before marriage. 在婚前要保持你的眼睛大開。 ➡He did everything wrong on that day. 他在那天使每件事做錯。

介詞片語可做副詞性修飾語，依功能可分成：

	功能	例句
1	時間	We arrived at five.　我們在五點到達。
2	空間	We stayed at a friend's house.　我們留在一位朋友的家中。
3	讓步	He gives up in spite of my help.　雖然有我的幫助，他還是放棄了。
4	原因	My mother fell ill from overwork.　我的母親因過度工作而病倒。
5	結果	The paper was torn to pieces.　那張報紙被撕成碎片了。
6	目的	Father went to Taipei on business.　父親為公務去臺北了。
7	條件	Without gravity there would be no air.　如果沒有重力將會沒有空氣。
8	狀態	The sound travels as a wave.　聲音以波的形式傳播。
9	比較	This is superior to that.　這個優於那個。
10	手段	I sharpened my pencil with a knife.　我用小刀子削尖我的鉛筆。
11	材料	The wine is made from rice.　那酒是由米製成的。
12	資訊	I have heard of Mr. Smith.　我曾經聽說史密斯先生。
13	關係	It is too warm for April.　天氣對四月而言太暖和了。
14	根源	He came from Japan.　他從日本來。
15	妨礙	An accident deprived him of his sight.　一件意外剝奪他的視力。

介詞片語的結構

　　介詞片語基本上是由一個介詞與一個名詞或動名詞構成：

A. 介詞＋名詞

1.　He made six mistakes in ten lines.　他在十行中犯了六個錯誤。

2.　The two countries are at war.　這兩國在交戰中。

3.　Your grade is below average.　你的分數在平均值以下。

4.　The book is under the table.　那本書在桌子下面。

5.　The lamps shone like stars.　燈光像星星閃爍著。

6.　The house was on fire.　那個房子失火了。

7.　I have two cars at home.　我在家裡有二輛車。

8.　He hid behind a curtain.　他躲在簾幕後面。

B. 介詞＋動名詞

1.　I work for my living.　我為我的生活工作。

2.　Thank you for helping me.　感謝你幫助我。

3.　I object to the idea of spending so much money.　我反對那花很多錢的主意。

介詞的結構

　　絕大多數介詞由一個單字構成，但仍有許多介詞由多個單字構成，稱為片語介詞。

1.　He was blamed because of his carelessness.　因為有他的粗心，他被責備。

2.　He went out in spite of the rain.　雖然有下雨，他還是出去了。

3.　In case of failure, the patient will die.　萬一有失敗，病人會死掉。

介詞片語的位置

修飾用形容詞

　　介詞片語做修飾用形容詞時的位置須在被修飾的名詞之後：

公式：名詞＋介詞片語

➡　A bird in the hand is worth two in the bush.
　　在手中的一隻鳥值得在林中的二隻鳥。（修飾主詞）

➡　The sun greatly affects the life upon the earth.
　　太陽很大地影響在地球上的生命。（修飾受詞）

➡　He is a man of strong will.
　　他是一個意志堅強的人。（修飾主詞補語）

➡　I consider him the greatest poet in the world.
　　我認為他為在這世界上的最偉大的詩人。（修飾受詞補語）

補述用形容詞

介詞片語做補述用形容詞時的位置須在補語之位置：

主詞補語公式：S＋V＋C（介詞片語）

➡ I am in good health.　我很健康。

➡ It is of great use.　它很有用。

受詞補語公式：S＋V＋O＋C（介詞片語）

➡ I felt the train in motion.　我覺得火車在運動。

➡ They thought it of no use.　他們認為它為沒用的。

副詞

介詞片語做副詞時的位置可在句首、句中、句尾：

前位副詞公式：介詞片語, S＋V

➡ Before sunset, he will come back.　在日落前，他將回來。

中位副詞公式：S, 介詞片語, V

➡ He, before sunset, will come back.　他，在日落前，將回來。

後位副詞公式：S＋V＋介詞片語

➡ He will come back before sunset.　他將回來在日落前。

Lesson 6 句型的擴充（二）：子句

章前重點

以下是一個萬用英文句型，可以說明各種子句扮演的角色：

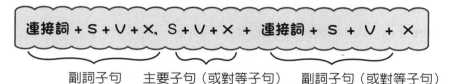

連接詞＋S＋V＋X, S＋V＋X ＋ 連接詞＋S＋V＋X

副詞子句　　主要子句（或對等子句）　副詞子句（或對等子句）

- S＋V＋X代表五大句型之一，X＝五大句型的成分，從第一到第五句型分別是（1）空無、（2）主詞補語、（3）受詞、（4）間接受詞與直接受詞、（5）受詞與受詞補語。

- 對等子句：二個對等子句可以用對等連接詞結合成「合句」（compound sentence），表達並列（and）、選擇（or）、讓步（but）、原因（for）、結果（so）等關係。

- 副詞子句：主要子句與從屬子句可以用從屬連接詞結合成「複句」（complex sentence），從屬子句可以在主要子句之前或之後，表達時間（when）、空間（where）、讓步（although）、原因（because）、結果（so…that）、目的（so that）、條件（if）、狀態（as）、比較（than）等副詞性修飾語。

- 名詞子句：凡是可以用名詞的地方，例如主詞、受詞、主詞補語、受詞補語、同位格，都可以用名詞子句。用 that 引導事實子句，用 whether 引導是非疑問子句，用關係代名詞（who）、關係形容詞（which）、關係副詞（when）引導資訊疑問子句。

- 形容詞子句：凡是名詞都可以用形容詞子句修飾。用關係代名詞（who）、關係形容詞（which）、關係副詞（when）與被修飾的「先行詞」相連。

- 分詞構句：可視為副詞子句的簡化版。它把連接詞、主詞省略，並將動詞改為分詞。

- 承轉副詞：可視為對等子句或副詞子句的替代版。用一個「承轉副詞」（例如 moreover, meanwhile, however, therefore, otherwise）在語氣上連貫二個獨立的句子。這種作法在結構上並沒有使二句合為一句，但在功能上具有承先啟後的作用。本章分五節介紹四大子句。此外，一併介紹與子句十分相關的「分詞構句」與

「承轉副詞」各一節，合計七節如下：

節別	結構
第1節	對等子句
第2節	形容詞子句
第3節	名詞子句
第4節	副詞子句（一）：時間、空間、讓步、原因、結果、目的、條件、狀態
第5節	副詞子句（二）：比較
第6節	分詞構句
第7節	承轉副詞

各舉一例如下：

子句	例句
對等子句	The girl teaches us English, and the man teaches us French. 那個女孩教我們英語，而那個男人教我們法語。
形容詞子句	The girl who looks beautiful teaches us English. 看起來美麗的那個女孩教我們英語。（who=關係代名詞主格）
名詞子句	I believe that the girl will teach us English. 我相信那個女孩將教我們英語。（名詞子句=受詞）
副詞子句（一）時間等	When they entered the hall, the girl was teaching us English. 當他們進入大廳時，她正在教我們英語。
副詞子句（二）比較	The girl teaches us English harder than the man does. 那個女孩教我們英語比起那個男人教得更努力。
分詞構句	They entering the hall, the girl was teaching us English. 他們進入大廳，她正在教我們英語。（省略When，並將enter改成現在分詞）
承轉副詞	They entered the hall; meanwhile, the girl was teaching us English. 他們進入大廳；此時，她正在教我們英語。

6-1　對等子句

對等子句的功能

對等連接詞可以用來連接單字、片語、子句。當用來連接子句時，二個子句均稱對等子句。對等連接詞主要有五種功能：

功能	例句
並列	They went up, and we came down. 他們上去，而我們下來。
選擇	Work hard, or you will fail. 要努力工作，否則你會失敗。

功能	例句
讓步	It may sound strange, but it is true. 它聽起來奇怪，但是它是真的。
原因	I can get up late, for tomorrow is a holiday. 我可以晚起，因為明天是假日。
結果	The cat seemed hungry, so we fed it. 這貓似乎餓了，所以我們餵牠。

對等子句的結構

名詞子句的公式如下：

句子 **1.** 句子 **2.**

= 句子 **1,** + 對等連接詞 + 句子 **2.**

例句 1

冬天已經去了，而春天就在手中。

二個簡單句

Winter has gone. 冬天已經去了。	Spring is at hand. 春天就在手中。

在二個對等子句中間加入「，」與對等連接詞and

併為二個對等子句

Winter has gone, and spring is at hand.
冬天已經去了，而春天就在手中。

例句 2

你最好快點，否則你會錯過那火車

二個簡單句

You had better hurry up. 你最好快點。	You will miss the train. 你會錯過那火車。

在二個對等子句中間加入「，」與對等連接詞or

併為二個對等子句

You had better hurry up, or you will miss the train.
你最好快點，否則你會錯過那火車。

6-2　形容詞子句

形容詞子句的功能

　　形容詞子句可視爲一個「超級形容詞」，當有先行詞（名詞）需修飾，且形容詞或具形容詞意義的片語均不足以提供充份的修飾時，可用形容詞子句：

名詞　　＋　　關係詞＋S＋V＋X
（先行詞）　　　　（形容詞子句）

　　形容詞子句和形容詞的作用相同。在句子中可修飾主詞、受詞、補語：

功能	例句
修飾主詞	No <u>man</u> that knows him will believe it. 　　S　　　　　　　　　　V　　O 沒有認識他的<u>人</u>會相信它。
修飾受詞	I want a <u>man</u> who understands English. S V　　　O 我需要一個懂英文的<u>人</u>。
修飾補語	This is the <u>boy</u> who showed me the way to the station. S　V　　SC 這位是指引我到車站的路的<u>男孩</u>。

形容詞子句的結構

　　關係詞成分關係代名詞、關係形容詞、關係副詞等三種。

（一）關係代名詞

　　關係代名詞同時兼具連接子句的關係詞功能，與代替先行詞的代名詞功能之雙重功能。關係代名詞又可依其代名詞性質成分主格、受格、所有格，且依先行詞不同而有不同的關係代名詞：

先行詞	主格	受格	所有格
人	who（或that）	whom（或that）	whose
動物、事物	which（或that）	which（或that）	whose
無	what	what	無

關係代名詞 = 主格

　　當A子句中的某名詞（先行詞）爲B子句中的主詞時，可用主格關係代名詞代

替B子句中的主詞，而將B子句接在當A子句中的該名詞（先行詞）後。

➡ 主格關係代名詞

	A主要句子	B形容詞子句
二個簡單句	This is the boy. 這是那男孩。	He broke the cup. 他打破那杯子。

將B子句主詞He改為關係代名詞who（或that）
將B子句接在當A子句中的該名詞（先行詞）後

合併主要句子與形容詞子句	This is the boy who broke the cup. 這是打破那杯子的男孩。

關係代名詞＝受格

當A子句中的某名詞為B子句中的受詞時，可用受格關係代名詞代替B子句中的受詞，而將B子句接在當A子句中的該名詞（先行詞）後，並將關係代名詞移到被修飾的先行詞之後做為關係詞。

➡ 受格關係代名詞

	A主要句子	B形容詞子句
二個簡單句	This is the machine. 這就是那台機器。	We repaired it yesterday. 我們昨天修理它。

將B子句受詞it改為關係代名詞which（或that）
將B子句接在當A子句中的該名詞（先行詞）後

合併主要句子與形容詞子句	This is the machine we repaired which yesterday. 這就是我們昨天修理的那台機器。

將關係代名詞which移到被修飾的先行詞之後

合併主要句子與形容詞子句	This is the machine which we repaired yesterday. 這就是我們昨天修理的那台機器。

關係代名詞 ＝ 所有格

當A子句中的某名詞為B子句中的所有格時，可用所有格關係代名詞代替B子句中的所有格，而將B子句接在當A子句中的該名詞後，並將所有格關係代名詞與其後名詞移到被修飾的先行詞之後做為關係詞。

➡ 所有格關係代名詞

	A主要句子	B形容詞子句
二個簡單句	That's the <u>man</u> 那位是那男子。	His brother came to see us the other day. 他的哥哥前幾天來看我們。

將B子句所有格His改為關係代名詞whose
將B子句接在當A子句中的該名詞（先行詞）後

合併主要句子與 形容詞子句	That's the <u>man</u> whose brother came to see us the other day. 那位是他的哥哥前幾天來看我們的男子。

關係代名詞之比較

● 主格

She has an uncle who has a large house.　她有一位有一棟大房子的伯父。

● 受格

She has an uncle whom she loves.　她有一位她喜愛的伯父。

● 所有格

She has an uncle whose house is very large.　她有一位他的房子很大的伯父。

結構	關係代名詞例句
主格	➡This is the <u>boy</u> who broke the cup.　這就是打破杯子的男孩。 ➡This is the <u>book</u> which caused such a sensation.　這就是造成轟動的書。 ➡This is what causes such a sensation.　這就是造成轟動的東西。
受格	➡This is the <u>boy</u> whom I met yesterday.　這就是我昨天遇到的男孩。 ➡This is the <u>book</u> which he gave me.　這就是他給我的書。 ➡This is what he gave me.　這就是他給我的東西。
所有格	➡This is the <u>boy</u> whose father died in the accident. 　這就是他的父親死於一場意外的男孩。 ➡This is the <u>book</u> whose cover was designed by me. 　這就是它的封面由我設計的書。

（二）關係形容詞

　　關係形容詞同時兼具連接子句的關係詞功能，與修飾其後名詞的形容詞功能之雙重功能。當A子句中的某名詞為B子句中的指示形容詞（this, that）修飾的對象時，可用關係形容詞（which, what）代替B子句中的指示形容詞，而將B子句接在當A子句中的該名詞後，並將指示形容詞與其後名詞移到被修飾的先行詞之後做關係詞。

A主要句子	B形容詞子句
The letter was written in <u>French.</u> 那封信是用法文寫的。	I did not understand that language. 我不懂那種語言。

二個簡單句

將B子句指示形容詞that改為關係形容詞which
將B子句接在當A子句中的該名詞（先行詞）後

合併主要句子
與形容詞子句

The letter was written in <u>French,</u> I did not understand which language.
那封信是用法文寫的，我不懂那種語言。

將關係形容詞which與其後名詞移到被修飾的先行詞之後

合併主要句子
與形容詞子句

The letter was written in <u>French,</u> which language I did not understand.
那封信是用法文寫的，我不懂那種語言。

關係形容詞有which與what二個，舉例如下：

關係形容詞	例句
which（那一個）	The letter was written in <u>French,</u> which language I did not understand. 那封信是用<u>法文</u>寫的，我不懂那種語言。
what（全部的）	I'll give you what money I have. 我將給你我有的全部的錢。

（三）**關係副詞**

　　關係副詞同時兼具連接子句的關係詞功能，與作為形容詞子句中的副詞功能之雙重功能。當A子句中的某名詞為B子句中的副詞性修飾語（例如做副詞用途的介詞片語）的一部分（例如介詞片語中的受詞）時，可用關係副詞（when, where, why, how）代替B子句中的副詞性修飾語，而將B子句接在當A子句中的該名詞後，並將關係副詞移到被修飾的先行詞之後做為關係詞。

A主要句子	B形容詞子句
This is the time of the year. 這是一年之中的<u>這時候</u>。	The flowers appear on the time. 花朵出現在這時候。

二個簡單句

將B子句副詞片語on the time改為關係副詞when
將B子句接在當A子句中的該名詞（先行詞）後

合併主要句子
與形容詞子句

This is <u>the time</u> of the year the flowers appear when.
這是一年之中的這時候花朵出現在此時。

將關係副詞when移到被修飾的先行詞之後

合併主要句子
與形容詞子句

This is <u>the time</u> of the year when the flowers appear.
這是一年之中的花朵出現的<u>時候</u>。

關係副詞依先行詞不同而有不同的關係副詞：

先行詞	關係副詞	例句
時間（time等）	when	This is the time of the year when the flowers appear. 這是一年之中的花朵出現的時候。
空間（place等）	where	This is the place where the accident occurred. 這就是那意外發生的地方。
原因（reason等）	why	He could give the reason why he had left home. 他能夠給出他離家的理由。
方法（way等）	how	That is not（the way） how we do things here. 那不是我們在此地做事的方式。

6-3 名詞子句

名詞子句的功能

名詞子句可視為一個「超級名詞」，當需要用一個名詞，且需要相當複雜的結構時，可用名詞子句：

$$名詞子句 = 連接詞 + S + V\cdots$$

名詞子句和名詞的作用相同。在句子中可做：

功能	例句
主詞	That my father will come home tomorrow seems unlikely. 　　　　　　　S　　　　　　　　　　　V　　　　C 我的父親明天將回家似乎是不可能的。
受詞	I can't tell whose pen this is. S　　V　　O 我不能夠分辨這枝鋼筆是誰的。
主詞補語	That is what we should do. 　S　V　　C 那就是我們應做的事。
受詞補語	His parents have made him what he is now. 　　　S　　　　　V　　　O　　　C 他的雙親已經造成他成為他現在的樣子。
同位格	The fact that the prisoner was guilty was plain to everyone. 　S　　　　　同位格　　　　　　V　C 那囚犯是有罪的這個事實對每個人都是清楚的。

名詞子句的結構

連接主句和名詞子句的連接詞有：

結構			例句
從屬連接詞		1a	that（引導事實子句）
			That steel is an alloy is known to all of us. 鋼是合金是我們大家都知道的。
		1b	whether（是否）（引導是非疑問子句）
			Whether he will pass the test or not is a problem. 是否他將通過考試是個問題。
關係代名詞	關係代名詞	2a	who（誰），whom（誰），whose（誰的），which（那一個），what（什麼）
			Who will help me is not known yet. 誰將幫助我至今還不知道。
	複合關係代名詞	2b	whoever（無論誰），whosever（無論誰的），whichever（無論那一個），whatever（無論什麼）
			Whoever did that was a mistake. 無論誰做那件事都是一種錯誤。
關係形容詞	關係形容詞	3a	which（那一個的），what（什麼的）
			What properties steel has have been discovered. 鋼有什麼特性已經被發現了。
	複合關係形容詞	3b	whichever（無論那一個的），whatever（無論什麼的）
			Gases can fill whatever space they can get. 氣體能夠充滿它們能夠到達的任何空間。
關係副詞	關係副詞	4a	when（何時），where（何處），how（如何），why（為何）
			When it first occurred is not known. 何時它第一次發生是不知道的。
	複合關係副詞	4b	whenever（無論何時），wherever（無論何處）
			Whenever they will arrive is not a problem. 無論何時他們到達都不是問題。

6-4 副詞子句（一）：時間、空間、讓步、原因、結果、目的、條件、狀態

副詞子句的功能

副詞子句可視為一個「超級副詞」，當二句間有時間、空間、讓步、原因、結果、目的、狀態、條件、比較關係時，可使用副詞子句。副詞子句依功能可成分九類，整理如下：

	功能	例句
1	時間	We must sow before we reap. 我們必須播種，<u>在我們收穫之前</u>。
2	空間	I have put it <u>where</u> you can find it easily. 我已經放它，<u>在你能輕易找到它之處</u>。
3	讓步	He is very happy indeed <u>although</u> he is poor. 他真的很快樂，<u>雖然他很窮</u>。
4	原因	He was set free <u>because</u> he was found innocent. 他被釋放，<u>因為</u>他被發現是無辜的。
5	結果	He is <u>so</u> poor <u>that</u> he cannot buy food. 他是如此地貧窮，<u>以致</u>他不能買食物。
6	目的	Bring it nearer <u>so that</u> I may see it better. 拿近一點，<u>以便</u>我能更清楚地看它。
7	條件	You are wrong <u>if</u> I am right. 你就是錯的，<u>如果</u>我是對的。
8	狀態	At Rome we must do <u>as</u> the Romans do. 在羅馬我們必須舉止，<u>如同羅馬人一樣</u>。
9	比較	Sounds travel much faster in water <u>than</u> they do in air. 聲音在水中傳播得更快得多，<u>比起</u>它們在空氣中傳播。

在這九類功能中，比較副詞子句因較為複雜將在下一節介紹。

副詞子句的結構

副詞子句的公式如下：

公式 1 副詞子句在後：**S ＋ VP ＋ 從屬連接詞 ＋ S ＋ VP**

公式 2 副詞子句在前：**從屬連接詞 ＋ S ＋ VP，S ＋ VP**

有些副詞子句應放在主句之後，有些則應在前，有些者皆可。例如：

例句 1

當他是個小孩時，他的身體很弱。

	A主要句子	B形容詞子句
二個簡單句	He was rather weak. 他的身體很弱。	He was a boy. 他是個小孩。

在做為時間副詞子句的句子前加入連接詞when後合併二句

合併主要句子與形容詞子句	He was rather weak when he was a boy. （或When he was a boy, he was rather weak.） 他的身體很弱，當他是個小孩時。

例句 2

他被釋放了，因為他被發現是無辜的。

	主要句子	原因副詞子句
二個簡單句	He was set free. 他被釋放了。	He was found innocent. 他被發現是無辜的。

在做為原因副詞子句的句子前加入連接詞because後合併二句

合併主要子句 與副詞子句	He was set free because he was found innocent. （或Because he was found innocent, he was set free.） 他被釋放了，因為他被發現是無辜的。

6-5　副詞子句（二）：比較

比較副詞子句的功能

比較副詞子句用以比較的對象成分形容詞、副詞，比較的等級成分原級比較、比較級比較，例如：

等級對象	原級比較	比較級比較
補述用 形容詞	I am as young as he is. 我是如同他一樣年輕的。	I am younger than he is. 我是比起他更年輕的。
修飾用 形容詞	You have as big eyes as she does. 你如同她有一樣大的眼睛。	You have bigger eyes than she does. 你比起她有更大的眼睛。

等級對象	原級比較	比較級比較
副詞 （第一句型）	He works as hard as she does. 他如同她工作得一樣努力。	He works harder than she does. 他比起她工作得更努力。
副詞 （第三句型）	I love you as much as he does. 我如同他愛你一樣多。	I love you more than he does. 我比起他愛你更多。

　　此外，最高級比較可以不用副詞子句來表達，但也可用原級比較、比較級比較副詞子句來表達，因此也列入本章介紹。舉一例如下：

方法	例句
直接以最高級表示	He is the tallest in the class. 他在班上最高。
原級比較副詞子句	He is as tall as any other in the class. 他如同班上其他任何人一樣高。
比較級比較副詞子句	He is taller than any other in the class. 他比起班上其他任何人更高。

比較副詞子句的結構

　　比較副詞子句成分二種句型：

原級比較公式：**as** ＋原級形容詞（或副詞）＋ **as** 副詞子句
比較級比較公式：比較級形容詞（或副詞）＋ **than** 副詞子句

　　例如：

1	I am as anxious to learn about your country as you are about my country. 我一樣渴望了解你的國家，如同你是關於我的國家。
2	I am as anxious to learn about your country as you are. 我一樣渴望了解你的國家，如同你是。
3	Sounds travel much more slowly in air than in water. 聲音在空氣中傳播得比較緩慢，比起在水中。
4	Sounds travel much more slowly in air than lights. 聲音在空氣中傳播得比較緩慢，比起光。

　　但是，從這四句來看會覺得其句型很難理解，因爲as或than後面分別接you are about my country（不完整的句子），you are（不完整的句子），in water（介詞片語），lights（名詞）等不同結構，很明顯，as與than不是介詞。事實上，as與than是

連接詞，連接一個具有比較意義的副詞子句，只不過因為在比較副詞子句中常有大量的成分與主要子句重複，為了精簡句子，把重複成分省略。

例如上面四個句子省略前的句子如下（劃底線部分為被省略的成分），可以看出as與than所引導的均為比較副詞子句。

1	I am as anxious to learn about your country as you are <u>anxious to learn</u> about my country.　我一樣渴望了解你的國家，如同你是<u>渴望了解</u>關於我的國家。 （比較I … to learn about your country / You … to learn about my country）
2	I am as anxious to learn about your country as you are <u>anxious to learn about your country.</u>　我一樣渴望了解你的國家，如同你是<u>渴望了解關於你的國家</u>。 （比較I … to learn about your country / You … to learn about your country）
3	Sounds travel much more slowly in air than <u>sounds travel</u> in water. 聲音在空氣中傳播得比較緩慢，比起<u>聲音</u>在水中<u>傳播</u>。 （比較sound…in air / sound…in water）
4	Sounds travel much more slowly in air than lights <u>travel in air.</u> 聲音在空氣中傳播得比較緩慢，比起光<u>在空氣中傳播</u>。 （比較sound…in air / light…in air）

6-6　分詞構句

分詞構句的功能

當二個對等子句，或者主要子句與從屬子句的主詞相同時，其連接詞與主詞可以省略，並將動詞改為分詞型態，稱為分詞構句。因此，分詞構句可以說是對等子句、副詞子句的省略型。例如：

 例 1 承認他說的，我認為他沒犯錯。

副詞子句＋主要子句
<u>Because I</u> admit what he says, I think he hasn't made a mistake. 因為我承認他說的，我認為他沒犯錯。

省略連接詞與主詞 ↓

<u>Admit</u> what he says, I think he hasn't made a mistake. 承認他說的，我認為他沒犯錯。

改述詞為分詞 ↓

分詞構句＋主要子句
<u>Admitting</u> what he says, I think he hasn't made a mistake. 承認他說的，我認為他沒犯錯。

各種功能的副詞子句省略其連接詞與主詞後之分詞構句整理如下：

功能	例句
時間	When they heard the news, they all danced for joy. ➡ Hearing the news, they all danced for joy. （當他們）聽到這消息，他們全因高興而跳起舞來。
讓步	Although I admit what you say, I still think you are wrong. ➡ Admitting what you say, I still think you are wrong. （雖然我）承認你說的，我仍然認為你不對。
原因	Because Charles was tired, he stayed at home. ➡ Being tired, Charles stayed at home. （因為查理士）是疲倦了，所以查理士留在家中。
結果	He stood in the rain for hours so that he got ill the next day. ➡ He stood in the rain for hours, getting ill the next day. 他在雨中站了幾小時，（以致他）隔天生了病。
條件	If you exercise every morning, you will improve your health. ➡ Exercising every morning, you will improve your health. （如果你）每個早上運動，你將改善你的健康。

分詞構句的結構

由於兩個動作所發生的「時間」有多種可能性，分詞形式的選用亦有差別：

簡單式：分詞構句比主要子句同時發生者用之。

完成式：分詞構句比主要子句較早發生者用之。

此外，分詞構句也有被動式，因此分詞構句有四種組合如下：

	主動	被動
簡單式	現在分詞＋…，主要子句	（Being）＋過去分詞＋…，主要子句
完成式	Having＋過去分詞＋…，主要子句	（Having ＋ been）＋過去分詞＋…，主要子句

其中被動式分詞構句開頭的Being與Having been可省略。

第1型：簡單式分詞構句

Because he lives a long way from the town, he rarely has visitors.

➡ Living a long way from the town, he rarely has visitors.

（因為他）住得離城鎮很遠，他很少有訪客。

第 2 型：完成式分詞構句

Because he has lived in America, he is proficient in English.

➡ Having lived in America, he is proficient in English.

（因為他）曾經住在美國，他精通英語。

第 3 型：被動式分詞構句

Because he was annoyed by the rascal following him, he called the police.

➡ Being annoyed by the rascal following him, he called the police.

➡ Annoyed by the rascal following him, he called the police.（Being 可省略）

（因為他）被跟蹤他的流氓激怒了，他叫警察。

第 4 型：被動完成式分詞構句

Because he had been exhausted by the journey, he went to bed straight away.

➡ Having been exhausted by the journey, he went to bed straight away.

➡ Exhausted by the journey, he went to bed straight away.（Having been 可省略）

（因為他）已經因這次旅程而筋疲力盡，他直接去床上睡覺了。

當二個對等子句，或者主要子句與從屬子句的主詞不相同時，其連接詞可以省略，但主詞不能省略，並將動詞改為分詞型態，稱為獨立分詞構句。

第 5 型：獨立分詞構句

Because the bus was very crowded, he had to stand.

➡ The bus being very crowded, he had to stand.

（因為）公共汽車很擠，他必須站著。

第 6 型：with ＋ 獨立分詞構句

With temperature being constant, the density of air varies directly as pressure.

在溫度是恆定時，空氣密度直接隨壓力變化。

第 7 型：無人稱獨立分詞構句

Generally speaking, metals are better conductors than nonmetals.

一般來說，金屬比起非金屬是更好的導電體。

6-7 承轉副詞

承轉副詞的功能

前面提到的四種子句：對等子句、形容詞子句、名詞子句、副詞子句均需要連接詞，並且透過連接詞使二個句子結合成一個句子，例如：

子句	例句	
對等子句	Tom did not do the homework 對等子句1	He did not read the story. 對等子句2
	➡ Tom did not do the homework, <u>and</u> he did not read the story. 湯姆沒有作家庭作業，<u>而且</u>他也不閱讀故事。（連接詞=and）	
形容詞子句	➡ The boy looked clever. 主要子句	He answered the question. 形容詞子句
	The boy <u>who</u> answered the question looked clever. 回答這個問題的男孩看起來聰明。（連接詞=who）	
	➡ He answered the question. 主要子句	The boy looked clever. 形容詞子句
	➡ The boy <u>who</u> looked clever answered the question. 看起來聰明的男孩回答這個問題。（連接詞=who）	
名詞子句	It seems unlikely. 主要子句	My father will come home tomorrow. 名詞子句
	➡ <u>That</u> my father will come home tomorrow seems unlikely. ➡ It seems unlikely <u>that</u> my father will come home tomorrow. 我的父親明天會回家似乎是不可能的。（連接詞=that，It=形式主詞）	
副詞子句	We can only wait patiently. 主要子句	The jury is discussing. 副詞子句
	➡ <u>When</u> the jury is discussing, we can only wait patiently. ➡ We can only wait patiently <u>when</u> the jury is discussing. 當陪審團正在討論<u>時</u>，我們只能耐心地等。（連接詞=when）	

在可以用對等子句或副詞子句將二句合為一句的場合，有些也可用一個「副詞」在語氣上連貫二個獨立的句子。這種作法在結構上並沒有使二句合為一句，但在功能上具有承先啟後的作用。這類副詞稱為「承轉副詞」。承轉副詞可用來替代對等子句與副詞子句的連接詞：

結構	例句
對等子句	Tom did not do the homework, and he did not read the story. 湯姆沒有作家庭作業，而且他也不閱讀故事。（連接詞=and）
承轉副詞	Tom did not do the homework; besides, he did not read the story either. 湯姆沒有作做家庭作業；此外，他也不閱讀故事。（承轉副詞=besides）

結構	例句
副詞子句	When the jury is discussing, we can only wait patiently. 當陪審團正在討論時，我們只能耐心地等。（連接詞=when）
承轉副詞	The jury is discussing; meanwhile, we can only wait patiently. 陪審團正在討論；此時，我們只能耐心地等待。（承轉副詞=meanwhile）

事實上，中文中也有類似承轉副詞的詞彙，例如：「此外」、「此時」、「然而」、「因此」、「否則」等。承轉副詞除了可以代替對等子句與副詞子句外，還可以用在句子之間在語氣上需要承先啟後的下列場合：

- 可能：perhaps（或許）
- 相對：on the contrary（相反地）
- 強調：in fact（事實上）
- 補充：that is（那就是說）
- 舉例：for example（例如）
- 總結：in conclusion（總之）

承轉副詞的結構

（一）承轉副詞的來源

承轉副詞的來源有副詞、介詞片語、不定詞片語、其他等四類：

結構	例句
副詞	● moreover（此外）；furthermore（此外）；besides（此外） ● meanwhile（此時）；then（然後） ● however（然而）；nevertheless（然而）；yet（然而）；still（然而） ● therefore（因此）；hence（因此）；thus（因此）；consequently（因此）；accordingly（因此） ● otherwise（否則） ● perhaps（或許） ● conversely（相反地） ● indeed（事實上） ● namely（那就是說）
介詞片語	● in addition（此外） ● at the same time（與此同時） ● as a result（因此） ● on the contrary（相反地）；on the other hand（另一方面） ● in fact（事實上）；as a matter of fact（事實上） ● in other words（換言之）

結構	例句
	● for example（例如）；e.g.（例如）；for instance（例如） ● in conclusion（總之）；in short（簡言之）
不定詞片語	● to sum up（總之）
其他	● that is（那就是說）；i.e.（那就是說）

（二）承轉副詞的標點符號

承轉副詞如置於句首，則可用句點或分號與前句作區隔：

句子1. 句子2. （二個句子）

➡ 句子1. 承轉副詞, 句子2. （二句間使用句點）

➡ 句子1；承轉副詞, 句子2. （二句間使用分號）

例如：

The ship is in excellent condition. It was made in Taiwan.（二個句子）

➡ The ship is in excellent condition, and it was made in Taiwan.（對等子句）

➡ The ship is in excellent condition. Moreover, it was made in Taiwan.（承轉副詞）

➡ The ship is in excellent condition; moreover, it was made in Taiwan.（承轉副詞）

這船是性能優良的。此外，它是在臺灣製造的。

（三）承轉副詞的位置

承轉副詞的位置可在句首、句中或句末，例如：

➡ That is a very strict rule. Many people ignore it.（二個句子）

➡ That is a very strict rule. However, many people ignore it. （句首）

➡ That is a very strict rule. Many people, however, ignore it. （句中）

➡ That is a very strict rule. Many people ignore it, however. （句末）

那是一條很嚴格的規則。然而，很多人都忽略它。

Lesson 7 句子的變化

章 前 重 點

句子有七種變化，以「The girl teaches us English.」為例：

否定句：The girl does not teach us English.

疑問句：Does the girl teach us English? Who teaches us French?

倒裝句：Never has the girl taught us English.

省略句：The girl teaches us English, but the boy doesn't （teach us English）.

附加句：The girl, of course, teaches us English.

平行句：The girl and the boy teach us English and French.

同位格：The girl, Mary, teaches us English.

本章將以七種句型的變化進一步豐富句子的結構，簡介如下：

句子	類比	用途與數學式類比	例句
否定句	負號	否定句子的成分 A＋B＋C ➡ A－B＋C	The girl does not teach us English. 這個女孩不教我們英語。 （否定一般動詞teach）
疑問句	問號	提問句子的是否 A＋B＋C ➡ A＋B＋C?	Does the girl teach us English? 這個女孩教我們英語嗎？ （是非疑問句）
	變數	提問句子的成分 A＋B＋C ➡ X＋B＋C?	Who teaches us French? 誰教我們法語？ （資訊疑問句）
倒裝句	移項	強調句子的成分 A＋B＋C ➡ C＋A＋B	Never has the girl taught us English. 從來不曾這個女孩教過我們英語。 （否定的倒裝句）
省略句	減法	省去句子的成分 A＋B＋C ➡ A＋B	The girl teaches us English, but the boy doesn't （teach us English）. 這個女孩教我們英語，但是這個男孩不 （教我們英語）。
附加句	加法	插入句子的成分 A＋B＋C ➡ A＋D＋B＋C	The girl, of course, teaches us English. 這個女孩，當然，教我們英語。 （插入句中）
平行句	括號	分支句子的成分 A＋B＋C ➡ A＋B＋（C1＋C2）	The girl teaches us English and French. 這個女孩教我們英語與法語。 （直接受詞成分平行）
同位格	等號	補充名詞的意義 A＋B＋C ➡ （A1＝A2）＋B＋C	The girl, Mary, teaches us English. 這個女孩，Mary，教我們英語。 （Mary＝後位同位格）

再各舉一例如下：

句子	類比	用途與數學式類比	例句
否定句	負號	否定句子的成分 A＋B＋C ➡ A－B＋C	Air is not very heavy. 空氣不是很重。 （否定be動詞）
疑問句	問號	提問句子的是否 A＋B＋C ➡ A＋B＋C?	Did he meet Mary yesterday? 他昨天見到瑪麗嗎？ （是非疑問句）
	變數	提問句子的成分 A＋B＋C ➡ X＋B＋C?	Whom did he meet yesterday? 他昨天遇見誰呢？ （資訊疑問句）
倒裝句	移項	強調句子的成分 A＋B＋C ➡ C＋A＋B	Rather handsome we think his son. 相當英俊我們認為他兒子。 （第五句型倒裝句 C＋S＋V＋O）
省略句	減法	省去句子的成分 A＋B＋C ➡ A＋B	He can play baseball, and I（can play） tennis. 他能打棒球，而我（能打）網球。 （對等結構的省略）
附加句	加法	插入句子的成分 A＋B＋C ➡ A＋D＋B＋C	It was a tragic accident, indeed. 它是一個悲慘的意外事故，的確。 （插入句尾）
平行句	括號	分支句子的成分 A＋B＋C ➡ A＋B＋（C1＋C2）	The two forces are equal and opposite. 這二個力是大小相等而且方向相反。 （補語成分平行）
同位格	等號	補充名詞的意義 A＋B＋C ➡（A1＝A2）＋B＋C	Arithmetic, the science of numbers, is the base of math. 算術，數字的科學，是數學的基礎。 （後位同位格）

7-1　否定句

否定句的功能

否定句可用以表達否定的功能，例如：

➡ Air is not very heavy.　空氣不是很重。

➡ He hasn't decided to go abroad.　他還沒決定去國外。

➡ Without energy we can't develop industry.　沒有能源，我們不能發展工業。

➡ I don't teach Japanese.　我不教日文。

否定句的結構

否定句的各種結構各舉一例如下：

結構	例句
否定之形成	I am not a little tired.　我不是一點點累。（否定be動詞） I haven't done my work.　我還沒作我的工作。（否定have動詞） I can not swim.　我不能夠游泳。（否定助動詞） I don't teach Japanese.　我不教日文。（否定普通動詞）
否定之轉移	Electric current can not flow in some substance. 電流不能在某些物質中流動。（否定述詞） Electric current can not flow easily in some substance. 電流不能順利地在某些物質中流動。（否定副詞）
否定之對象	I don't teach Japanese.　我不教日文。（否定動詞） No one of his sisters is here.　他的姊妹沒人在這裡。（否定名詞） He is unhappy. 他是不快樂的。（否定形容詞） I will stay here no longer.　我將不再停留這裡。（否定副詞）
否定之範圍	He is always unhappy.　他永遠是不幸福。（全部否定） He is not always happy.　他不是永遠幸福。（部分否定）
特殊否定詞	She seldom comes on Sunday.　她很少在禮拜天來。
雙重否定詞	No man is without enemy.　沒有人是沒有敵人的。
不用否定詞	She is free from pain now.　她現在不痛了。
強調否定詞	Your shirt is not at all clean.　你的襯衫一點都不乾淨。
慣用法	He is not my son, but my nephew.　他不是我兒子，而是我姪子。

7-2　疑問句

疑問句的功能

疑問句可用以表達疑問的功能，依其功能成分二類：

1.　是非疑問句：就句子全句為是或否而提問的疑問句。

2.　資訊疑問句：就句中某一部分資訊而提問的疑問句。

是非疑問句與資訊疑問句之比較：

分類	疑問句	回答
是非疑問句	Does he live in Taipei? 他住在臺北嗎？	Yes, he does.（或 No, he doesn't.） 是的，他是。（或 不,他不是）
資訊疑問句	Where does he live? 他住在何處呢？	In Taipei. 在臺北。

疑問句的結構

（一）是非疑問句

通常都用be動詞或助動詞引導。是非疑問句要答yes或no。

1.　Are you crazy?　你是瘋了嗎？（be 動詞）

2.　Have you ever been to Denmark?　妳曾經到過丹麥嗎？（助動詞）

3.　Can you speak English fluently?　妳能夠流利地說英語嗎？（助動詞）

4.　Do horses gallop? 馬兒們奔馳嗎？（助動詞）

（二）資訊疑問句

通常都用疑問詞（疑問代名詞、疑問形容詞、疑問副詞）引導。這類疑問句不用答yes或no，而是回答特定資訊。資訊疑問句一樣遵循五大句型的要求，但詞序會變動，將要問的主詞、主詞補語、受詞、受詞補語移到句首。

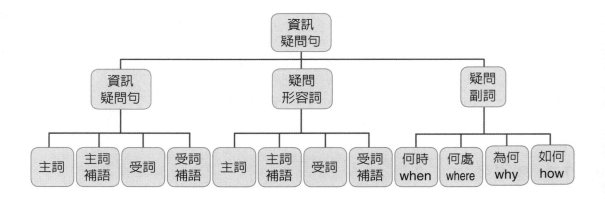

疑問代名詞

➡　疑問代名詞＝主詞

　　Who gave you that watch?　誰給你那個手錶呢？　（Who＝主詞）

　　　S　V　IO　　　DO　　（第四句型S＋V＋IO＋DO）

➡　疑問代名詞＝主詞補語

　　Who is the man over there?　在那裡的男人是誰呢？　（Who＝主詞補語）

　　　C　V　　S　　　（第二句型S＋V＋C）

➡　疑問代名詞＝受詞

　　Whom did he meet yesterday?　他昨天遇見誰呢？　（Whom＝受詞）

　　　O　　　S　V　　　（第三句型S＋V＋O）

➡ 疑問代名詞＝受詞補語

What does he call you?　他稱呼你什麼呢？　（What＝受詞補語）

　C　　　S　V　O　　　（第五句型S＋V＋O＋C）

疑問形容詞

➡ 疑問形容詞修飾主詞

What play comes next?　什麼戲劇下一個來呢？　（What play＝主詞）

　S　　　V　　　　（第一句型S＋V）

➡ 疑問形容詞修飾主詞補語

What dog is it?　牠是什麼狗呢？　（What dog＝主詞補語）

　C　　VS　（第二句型S＋V＋C）

➡ 疑問形容詞修飾受詞

Which one are you teaching?　你正在教哪一個呢？　（Which one＝受詞）

　O　　　S　V　　（第三句型S＋V＋O）

➡ 疑問形容詞修飾受詞補語

What title does he call you?　他稱呼你什麼頭銜呢？　（What title＝受詞補語）

　C　　　　S　V　O　　（第五句型S＋V＋O＋C）

疑問副詞

➡ 疑問副詞＝ When（何時）

When are you going away?　你將何時離開呢？　（When＝時間疑問副詞）

　　　S　V　　（第一句型S＋V）

➡ 疑問副詞＝ Where（何處）

Where do you come from?　你從何處來呢？　（Where＝空間疑問副詞）

　　　S　V　　（第一句型S＋V）

➡ 疑問副詞＝ Why（為何）

Why are you late?　你為何遲到呢？　（Why＝原因疑問副詞）

　　V　S　C　（第二句型S＋V＋C）（V＝be動詞，在疑問句中要往前移）

➡ 疑問副詞＝ How（如何）

How is your father?　你父親身體是如何呢？　（How＝狀況疑問副詞）

　　V　S　　　　（第一句型S＋V）（V＝be動詞，在疑問句中要往前移）

（三）肯定句 / 是非疑問句 / 資訊疑問句之比較

疑問代名詞

述詞變化	肯定句	是非疑問句	資訊疑問句（疑問代名詞）
簡單現在式	He lives there. 他住在那裡。	Does he live there? 他住在那裡嗎？	Who lives there? 誰住在那裡呢？
助動詞can	He can live there. 他能夠住在那裡。	Can he live there? 他能夠住在那裡嗎？	Who can live there? 誰能夠住在那裡呢？

疑問形容詞

述詞變化	肯定句	是非疑問句	資訊疑問句（疑問形容詞）
簡單現在式	That one lives there. 那一位住在那裡。	Does that one live there? 那一位住在那裡嗎？	Which one lives there? 哪一位住在那裡呢？
助動詞can	The rich can live there. 富人能夠住在那裡。	Can the rich live there? 富人能夠住在那裡嗎？	What man can live there? 什麼人能夠住在那裡呢？

疑問副詞

述詞變化	肯定句	是非疑問句	資訊疑問句（疑問副詞）
簡單現在式	He lives there. 他現在住在那裡。	Does he live there? 他現在住在那裡嗎？	Where does he live? 他現在住在何處呢？
簡單過去式	He lived there. 他過去住在那裡。	Did he live there? 他過去住在那裡嗎？	Where did he live? 他過去住在何處呢？
簡單未來式	He will live there. 他將會住在那裡。	Will he live there? 他將會住在那裡嗎？	Where will he live? 他將會住在何處呢？
現在完成式	He has lived there. 他已經住在那裡。	Has he lived there? 他已經住在那裡嗎？	Where has he lived? 他已經住在何處呢？
過去完成式	He had lived there. 他過去曾經住在那裡。	Had he lived there? 他過去曾住在那裡嗎？	Where had he lived? 他過去曾住在何處呢？
未來完成式	He will have lived there. 他將會曾經住在那裡。	Will he have lived there? 他將曾經住在那裡嗎？	Where will he have lived? 他將曾經住在何處呢？
現在進行式	He is living there. 他現在正住在那裡。	Is he living there? 他現在正住在那裡嗎？	Where is he living? 他現在正住在何處呢？
過去進行式	He was living there. 他過去正住在那裡。	Was he living there? 他過去正住在那裡嗎？	Where was he living? 他過去正住在何處呢？
未來進行式	He will be living there. 他將會正住在那裡。	Will he be living there? 他將會正住在那裡嗎？	Where will he be living? 他將會正住在何處呢？

助動詞 must	He must live there. 他必須住在那裡。	Must he live there? 他必須住在那裡嗎？	Where must he live? 他必須住在何處呢？
助動詞can	He can live there. 他能夠住在那裡。	Can he live there? 他能夠住在那裡嗎？	Where can he live? 他能夠住在何處呢？
助動詞may	He may live there. 他可能住在那裡。	May he live there? 他可能住在那裡嗎？	Where may he live? 他可能住在何處呢？
be動詞 現在式	He is there. 他現在在那裡。	Is he there? 他現在在那裡嗎？	Where is he? 他現在在何處呢？
be動詞 過去式	He was there. 他過去在那裡。	Was he there? 他過去在那裡嗎？	Where was he? 他過去在何處呢？
be動詞 未來式	He will be there. 他將在那裡。	Will he be there? 他將在那裡嗎？	Where will he be? 他將在何處呢？

7-3　倒裝句

倒裝句的功能

　　倒裝句是指變化正常句型詞序的句子，倒裝句有二個主要功能：

(1) 強調句子中的特定成分。

(2) 慣用句型。

　　適當地使用倒裝句可以使文章更加有力且富有變化，但濫用倒裝句反而會使文章難懂，弄巧成拙。

倒裝句的結構

　　本章將倒裝句歸納為九種句型，各舉一例如下：

　　（➡後的句子為倒裝前的正常句子，綠字為倒裝的詞，∧為該詞的正常位置）

第一句型（S + V）倒裝句＝V + S

Come what may ∧, we must not lose courage.　（V＋S句型）

來無論什麼可能，我們不可以失去勇氣。

　➡ What may come, we must not lose courage.　（S＋V句型）

無論什麼可能來，我們不可以失去勇氣。

第二句型（S + V + C）倒裝句＝C + S + V; C + V + S

Narrow and jealous she might be ∧, but she was an acute, vigorous woman.　（C＋S＋V）

83

高中三年的中翻英一本搞定—五段式中翻英譯法

心胸狹窄又易妒她可能是，但她仍是個敏銳、活潑的女人。

➡ She might be narrow and jealous, but she was an acute, vigorous woman. （S + V + C）

她可能是心胸狹窄又易妒，但她仍是個敏銳、活潑的女人。

第三句型（S + V + O）倒裝句 = O + S + V

That the girl was beautiful I could see ∧ from the photograph. （O＋S＋V）

那女孩過去是美麗的我可以從那相片看出。

➡ I could see that the girl was beautiful from the photograph. （S + V + O）

我可以從那相片看出那女孩過去是美麗的。

第四句型（S + V + IO + DO）倒裝句 = DO + S + V + IO

Where he had gone the previous day, I can't tell you ∧. （DO＋S＋V＋IO）

他前天去了何處，我不能告訴你。

➡ I can't tell you where he had gone the previous day. （S + V + IO + DO）

我不能告訴你他前天去了何處。

第五句型（S + V + O + C）倒裝句 = O + S + V + C；C + S + V + O；S + V + C + O

Rather handsome we think his son ∧. （C＋S＋V＋O）

相當英俊我們認為他兒子。

➡ We think his son rather handsome. （S + V + O + C）

我們認為他兒子相當英俊。

否定倒裝

Seldom did she take part in conversation.

很少確實她加入交談。 （seldom有否定之意，did在此是強調「確實」之意）

➡ She <u>did</u> seldom take part in conversation.

她<u>確實</u>很少加入交談。

疑問倒裝

Whom did he meet yesterday? （O＋S＋V）

誰他昨天碰見呢？ （英文疑問句的疑問詞必須移到句首，故也是一種倒裝句。）

➡ He met whom yesterday? （S + V + O）

他昨天碰見誰呢？

副詞倒裝

The big living room was lighted, and so <u>was</u> the dining room behind it.
那個大客廳被點亮,而也是一樣在它後面的餐廳。

➡ The big living room was lighted, and the dining room behind it was so.
那個大客廳被點亮,而在它後面的餐廳也是一樣。

副詞片語倒裝

On one side of the hill grew a forest from the road right down to the sea.
在山丘的一邊<u>生長著</u>森林從道路向下到海邊。

➡ A forest grew on one side of the hill from the road right down to the sea.
森林在山丘的一邊從道路向下到海邊<u>生長著</u>。

7-4 省略句

省略句的功能

　　省略句是指省略正常句型部成分份的句子,省略句有二個主要功能:
(1) 省略句子中的重複成分。
(2) 慣用句型。
　　適當地使用省略句可以使文章更加精簡且富有變化,但濫用省略句反而會使文章難懂,弄巧成拙。

省略句的結構

　　本章將省略句歸納為五種句型,各舉一例如下:

對等結構中的省略:重複成分

　　對等結構中的重複成分可省略。

➡ Metals are the best conductors, and gases （are） the poorest （conductors）.
金屬是最好的導體,而空氣（是）最差的（導體）。

形容詞子句中的省略:關係詞

　　形容詞子句中的受格的關係代名詞可省略。

➡ Do you know the boy （whom） I am pointing at?
你認識我指著的那個孩子嗎?

名詞子句中的省略：連接詞

當作受詞的名詞子句它的連接詞that可省略。

➡ We have seen （that） atoms of different elements differ in weight.

我們已經知道不同元素的原子在重量上不同。

副詞子句中的省略：主詞與述語動詞

副詞子句中凡主詞與述語動詞同時省略不影響句子的理解時，可同時省略。

➡ If（it were）free from external forces, a body would move with constant velocity.

如果（它是）免於外力的，一個物體將以恆定的速度運動。

➡ Although （it is） opposed by many heavy smokers, this is indeed a great welfare for non-smokers.

雖然遭到許多癮君子的反對，這對不抽菸的人的確是一大福音。

其他慣用省略

➡ He behaved as a child （does）.

他行為舉止如同小孩子（所為）。

7-5 附加句

插入句的功能

插入句是指插入正常句型以外成分的句子，插入句有二個主要功能：

⑴ 插入句子中的補充成分。

⑵ 語氣上的承轉。

適當地使用插入句可以使文章更加精準且富有變化，但濫用插入句反而會使文章難懂，弄巧成拙。

插入句的結構

本章將插入句歸納為五種句型，各舉一例如下：

插入成分 1：副詞

It was, indeed, a tragic accident.

S＋V, 插入成分,　　　C.

它是，的確，一個悲慘的意外事故。

插入成分 2：副詞片語

He is, so to speak, a mouse in a trap.

S＋V，插入成分，　　　C.

他是，正如俗話所說，布袋裡的老鼠。

插入成分 3：副詞子句

There are few, if any, such men.

　　　V,　　　插入成分，S.　　　（There句型＝There＋V＋S）

有極少，如果有的話，這樣的人。

插入成分 4：形容詞子句

As is well known, she became fashionable after she arrived in Japan.

插入成分,S＋V＋C＋連接詞＋S＋V.

這個是很被知道的，在她到了日本之後她變得時髦了。

說明：as引導形容詞子句表示對句中所述之形容，其先行詞常為全句，且此種子句可置於句首、句中或句尾，且句中常省略部分動詞。as在句中可譯為「這個」。

插入成分 5：主要子句

A thief, it is certain, entered the room then.

　　S,　　　插入成分，　　　　V＋O.

小偷，情況確定是，那時進入了房間。

插入成分可以插入在句首、句中或句末，例如：

➡ Indeed, it was a tragic accident. （插入在句首）
的確，它是一個悲慘的意外事故。

➡ It was, indeed, a tragic accident. （插入在句中）
它是，的確，一個悲慘的意外事故。

➡ It was a tragic accident, indeed. （插入在句末）
它是一個悲慘的意外事故，的確。

插入成分如果插入句中，應該選擇對原句型破壞力最小的位置，以避免句子難以理解，例如：

➡ It is, indeed, a crime to defy the law.
藐視法律是，的確，犯罪。

➡ Metals, in general, are good conductors.

金屬，一般而言，是良導體。

➡ Experience, when （it is） dearly bought, is seldom thrown away.
經驗，當（它）被高價地買來，很少被扔掉。

➡ Gases, as we know, expand more rapidly than solids when they are heated.
氣體，就我們所知，比起固體膨脹得更快，當它們被加熱時。

➡ Sincerity, I think, is better than grace.
誠懇，我認為，勝於優雅。

插入成分可以用逗點「，」或破折號「–」插入，例如：

➡ The sun's light energy, called radiant energy, can be changed into heat energy.
太陽的光能，稱為輻射能，可以被轉換成熱能。

➡ The sun's light energy – called radiant energy – can be changed into heat energy.
太陽的光能 – 稱為輻射能 – 可以被轉換成熱能。

7-6 平行句

平行句的功能

平行句是指正常句型中將部分擴充為多個具有相同功能的成分。平行句有二個主要功能：

(1) 使句子結構豐富化。

(2) 使句子結構精簡化。

例如：

I despise the man who believes that he sees, understands, and knows everything.
我輕視相信他自己見過、了解、而且知道每一件事的人。

觀點 1 句子結構豐富化

> I despise the man who believes that he sees everything.
> 我輕視相信他自己見過每一件事的人。

將要擴充的部分加入　⬇

> I despise the man who believes that he sees, understands, and knows everything.
> 我輕視相信他自己見過、了解、而且知道每一件事的人。

將述詞擴充後，句子顯然更豐富了。

觀點 2 句子結構精簡化

- I despise the man who believes that he sees everything.
  我輕視相信他自己見過每一件事的人。
- I despise the man who believes that he understands everything.
  我輕視相信他自己了解每一件事的人。
- I despise the man who believes that he knows everything.
  我輕視相信他自己知道每一件事的人。

將各句子合為一句

I despise the man who believes that he sees everything, understands everything, and knows everything.
我輕視相信他自己見過每一件事、了解每一件事、而且知道每一件事的人。

凡是重複的部分可省略

I despise the man who believes that he sees, understands, and knows everything.
我輕視相信他自己見過、了解、而且知道每一件事的人。

將句子整合後，句子顯然更精簡了。

平行句的結構

五大句型中的主要成分有主詞、述詞、受詞、補語，分別可寫成：

句型	結構	公式
第一句型	主詞 ＋ 述詞	S＋V
第二句型	主詞 ＋ 述詞 ＋ 補語	S＋V＋C
第三句型	主詞 ＋ 述詞 ＋ 受詞	S＋V＋O
第四句型	主詞 ＋ 述詞 ＋ 間接受詞 ＋ 直接受詞	S＋V＋IO＋DO
第五句型	主詞 ＋ 述詞 ＋ 受詞 ＋ 補語	S＋V＋O＋C

也可只看成一個通用句型：

通用句型	主詞 ＋ 述詞 ＋ （補語或受詞等）	S＋V＋X

其中X代表除了主詞與述詞以外的其他成分。為了使句子精簡，可以將部分成分擴充為多個具有相同功能的成分，分述如下：

	平行結構公式	例句
一	主詞 （S＋S）＋V＋X	Oxygen, carbon, and hydrogen are known as elements. 氧、碳和氫被知道為元素。

Lesson **7**

句子的變化

一	述詞 S＋（V＋V）＋X	He has often lived, but will never again live, in the town. 他已經經常住在，但將永遠不再住在，那個鎮上了。
二	其他成分 S＋V＋（X＋X）	I don't know where to go or when to go. 我不知道應該何處去或應該何時去。
三	（主詞＋述詞） （SV＋SV）＋X	Passions weaken, but habits strengthen, with age. 愛情減少，但習慣增強，隨著年齡。
四	（述詞＋其他成分） S＋（VX＋VX）	His sister is in her 40's but still remains single. 他的姊姊是40多歲，但是仍然維持單身。

7-7　同位格

同位格的功能

在自然界中，一個元素的同位素是指具有完全相同的化學性質，但具有不同物理性質的物質。同理，在英文句型中，一個具有名詞功能的詞語（例如名詞、名詞片語、名詞子句）的同位格是指具有完全相同的文法功能（例如主詞、主詞補語、受詞、受詞補語），但具有不同語意重要性（同位格具有次要的重要性）的具有名詞功能的詞語。

同位格的用法是在正常句型中，在具有名詞功能的詞語之後或之前加入一個具有名詞功能的詞語，以補充說明該詞語。同位格有二個主要功能：

⑴ 使名詞的意義更加豐富。

⑵ 使句子的結構較為精簡。

例如：

Water can be decomposed into the gaseous elements.
水能夠被分解為氣體元素。

Water is a compound.
水是一種化合物。

The gaseous elements are hydrogen and oxygen.
氣體元素是氫和氧。

Water, a compound, can be decomposed into the gaseous elements, hydrogen and oxygen.
　　↳ 同位格　　　　　　　　　　　　　　　　　　　　　　　　　↳同位格
　　　　水，一種化合物，能夠被分解為氣體元素，氫和氧。
　　　　↳同位格　　　　　　　　　　　　　　　↳同位格
　（Water的同位格為a compound；而elements的同位格為hydrogen and oxygen）

顯然使用同位格後，名詞的意義更加豐富，句子的結構也較為精簡。

同位格是用來補充說明一個名詞的意義，故應以較次要者爲同位格，例如：

1	In 1945, United Nations was founded in <u>an American city,</u> San Francisco.
	                      ↖主要名詞 ↖次要名詞（同位格）
	聯合國創立於1945年在<u>一個美國城市</u>，舊金山。
	               ↖主要名詞 ↖次要名詞（同位格）

2	In 1945, United Nations was founded in <u>San Francisco,</u> an American city.
	                      ↖主要名詞 ↖次要名詞（同位格）
	聯合國創立於1945年在<u>舊金山</u>，一個美國城市。
	               ↖主要名詞 ↖次要名詞（同位格）

➡ 第 1 句說明「聯合國創立於 1945 年在一個美國城市」，而舊金山（同位格）
只是用來補充說明。

➡ 第 2 句說明「聯合國創立於 1945 年在舊金山」，而一個美國城市（同位格）
只是用來補充說明。

以那一句爲佳取決於作者想強調哪一個，而以另一個爲次要補充。

同位格可用來修飾主詞、補語、受詞：

修飾的對象	例句
主詞	<u>London,</u> the hometown of literature, is his favorite city. 倫敦，文學的故鄉，是他的最愛的城市。 ↖主詞 ↖同位格
補語	Water can become <u>a solid,</u> ice. 水可以變成一個固體，冰。 ↖補語 ↖同位格
受詞	In everyday life we often meet <u>the terms,</u> force and work. 在日常生活中我們常常遇到這些詞，力和功。 ↖受詞 ↖同位格

同位格的結構

同位格依位置成分前位同位格、後位同位格。一般而言，後位同位格較常見。
同位格必須用逗點「，」或破折號「–」與句子隔開，但例如：

位置	例句
後位同位格	<u>Arithmetic,</u> the science of numbers, is the base of mathematics. 算術，數字的科學，是數學的基礎。 ↖名詞 ↖後位同位格

位置	例句
前位同位格	A famous aviatrix, <u>Amelia Earhart</u> was born in 1898. 一位著名的女飛行員，<u>Amelia Earhart</u> 生於1898年。 ↳前位同位格　　↳名詞

但一些特殊的字後面可不接逗點來分隔同位格，例如question, principle, idea, news, belief, fact, feeling, thought, conclusion等。

➡ I have no <u>question</u> where to go.
　我沒應該去何處<u>這個問題</u>。

➡ <u>The fact</u> that plastics do not rust at all is shown in this example.
　塑膠完全不生銹<u>這個事實</u>在這個例子中被顯示。

同位格依其結構成分名詞（或代名詞）、具有名詞意義片語、名詞子句：

結構		例句
名詞 （或代名詞）		There are <u>two neighbors of our planet</u>: Mars and Venus. 　　　↳名詞　　　　　↳同位格（➡名詞） 有<u>二個我們行星的鄰居</u>：火星與金星。 　↳名詞　　　　↳同位格（➡名詞）
具名詞意義的片語	不定詞片語	I have no <u>idea</u> how to do it. 　　　↳名詞　↳同位格（➡疑問詞＋不定詞片語＝名詞片語） 我沒如何做<u>這個概念</u>。 　↳名詞　↳同位格
	動名詞片語	This was <u>a glory</u> to him, winning in the final game. 　　　↳名詞　　　　　↳同位格（➡動名詞片語） 這對他來說是<u>一個榮耀</u>，在決賽中獲勝。 　　↳名詞　　↳同位格
名詞子句		<u>The fact</u> that plastics do not rust at all is shown in this example. 　↳名詞　　　↳同位格（➡名詞子句） 塑膠完全不生鏽<u>這個事實</u>在這個例子中被顯示。 ↳同位格（➡名詞子句）↳名詞

Part 2 方法與練習篇

　　先介紹「五段式翻譯法」，以及其簡化版：專門處理包含了冗長的修飾語的句子之「刪補式翻譯法」，與專門處理包含了多個子句的句子之「分合式翻譯法」。另外四章為中譯英練習，包含直接式、刪補式、分合式、五段式。

Lesson 8 中譯英方法

章前重點

中譯英的秘訣有三：

一、英式中文：先將中文改寫成語意相同、但結構與英文相似的「英式中文」，較易翻譯成英文。

二、中式英文：先將中文翻譯成「中式英文」，再改寫成「英式英文」，較易翻譯。

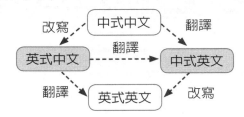

三、化繁為簡：首先移除句子中較複雜的修飾語（形容詞性、副詞性修飾語），只留文法要素（主詞、動詞、受詞、補語），其次分解成多個獨立中文子句，接著各中文子句選擇匹配的英文五大句型翻譯成英文子句，然後用連接詞把英文子句組合回去，最後把移除的修飾語翻譯補回英文句子中的適當位置。上述五個步驟可用「刪、分、譯、合、補」五字概括，稱為「五段式」翻譯法。

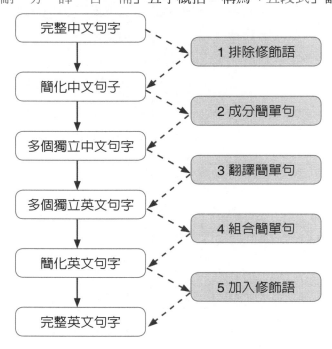

8-1　中譯英秘訣 1：英式中文

8-1-1　方法

　　對母語是中文的人而言，當然其中文程度遠高於其英文程度，因此先將中文轉換成語意相同、但結構與英文相似的「英式中文」，再譯爲英文會容易多了。這種「英式中文」以中文的角度來看或許不通順，但因爲它的結構與英文相似，當然更容易翻譯成英文。例如

⑴　將主詞、受詞、補語移到合乎英文五大句型的格式的位置。

⑵　如果缺少主詞，可將受詞做爲主詞，改成被動式，或添加主詞，以合乎英文五大句型的格式。

⑶　如果及物動詞缺少受詞，可添加受詞，以合乎英文五大句型的格式。

⑷　將介詞片語移到合乎英文用法的位置，例如句末。

⑸　將中文單字改成較易翻譯成英文的中文單字。例如

● 　棘手議題 ➡ 困難議題 ➡ difficult issue

● 　國際盛事 ➡ 國際事件 ➡ international event

● 　培養能力 ➡ 發展能力 ➡ develop ability

● 　運動家精神的眞諦 ➡ 運動家精神的眞實意義 the true meaning of sportsmanship

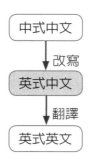

圖 8-1　英式中文的角色

例 1

中式中文 ➡ 這些困難，我們能夠克服。

英式中文 ➡ 我們能夠克服這些困難。（將受詞「這些困難」移到動詞的後面）

英式文法 ➡ 我們（S）＋能夠克服（V）＋這些困難（O）。

　　　　　 ➡ S＋V＋O（第三句型）

譯爲英文 ➡ We can overcome these difficulties.

例 2

中式中文 ➡ 這件事你不必操心。

英式中文 ➡ 你不必操心這件事。（將受詞「這件事」移到動詞的後面）

英式文法 ➡ 你（S）＋不必操心（V）＋這件事（O）。

　　　　　➡ S＋V＋O（第三句型）

譯為英文 ➡ You needn't worry about it.

例 3

中式中文 ➡ 窗戶有人打開了。

英式中文 ➡ 有人打開了窗戶。（將受詞「窗戶」移到動詞的後面）

英式文法 ➡ 有人（S）＋打開了（V）＋窗戶（O）。

　　　　　➡ S＋V＋O（第三句型）

譯為英文 ➡ Someone has opened the windows.

例 4

中式中文 ➡ 他的文章我讀過了。

英式中文 ➡ 我讀過他的文章了。（將受詞「他的文章」移到動詞的後面）

英式文法 ➡ 我（S）＋讀過（V）＋他的文章（O）了。

　　　　　➡ S＋V＋O（第三句型）

譯為英文 ➡ I have read his article.

例 5

中式中文 ➡ 史密斯先生已經替我們點了菜。

英式中文 ➡ 史密斯先生已經點了菜替我們。（移動「替我們」到後面的位置）

英式文法 ➡ 史密斯先生（S）＋已經點了（V）＋菜（DO）＋替（for）＋我們（IO）。

　　　　　➡ S＋V＋DO＋介詞＋IO（第四句型）

譯為英文 ➡ Mr. Smith has ordered it for us.

例 6

中式中文 ➡ 她為代表團的同事們唱了一支歌。

英式中文 ➡ 她唱了一支歌為代表團的同事們。（移動「為代表團…」到後面）

英式文法 ➡ 她（S）＋唱了（V）＋一支歌（DO）＋為（for）＋代表團的同事們（IO）。

　　　　　➡ S＋V＋DO＋介詞＋IO（第四句型）

譯為英文 ➡ She sang a song for the colleagues on the delegation.

例 7

中式中文 ➡ 她替你做。

英式中文 ➡ 她做它替你。（移動「替你」到後面，並補上直接受詞「它」）

英式文法 ➡ 她（S）＋做（V）＋它（DO）＋替（for）＋你（IO）。

    ➡ S＋V＋DO＋介詞＋IO （第四句型）

譯為英文 ➡ She'll make it for you.

例 8

中式中文 ➡ 鸚鵡以能模仿人的聲音而出名。

英式中文 ➡ 鸚鵡是出名的以牠們的模仿人的聲音的能力。

    （將表達原因的介詞片語「以牠們的模仿人的聲音的能力」移到句末）

英式文法 ➡ 鸚鵡（S）＋是（V）＋出名的（C）＋以牠們的模仿人的聲音的能力（介詞片語）。

    ➡ S＋V＋C （第二句型）＋介詞片語

譯為英文 ➡ Parrots are known for their ability to reproduce human speech.

或

英式中文 ➡ 鸚鵡是出名的因為牠們能模仿人的聲音。（改用副詞子句來表達原因）

英式文法 ➡ 鸚鵡（S）＋是（V）＋出名的（C）＋因為牠們能模仿人的聲音（副詞子句）。

    ➡ S＋V＋C （第二句型）＋副詞子句

譯為英文 ➡ Parrots are known because they can reproduce human speech.

例 9

中式中文 ➡ 我們對醫生火速到達感到吃驚。

英式中文 ➡ 醫生的火速到達驚嚇我們。

    （將「醫生（S）＋火速到達（V）」改成名詞「醫生的火速到達」當作主詞，將「我們（S）…感到（V）＋吃驚（C）」改成「驚嚇（V）＋我們（O）」）

英式文法 ➡ 醫生的火速到達（S）＋驚嚇（V）＋我們（O）。

    ➡ S＋V＋O （第三句型）

譯為英文 ➡ The doctor's quick arrival surprised us.

8-1-2　實例

　　以下以學測翻譯為例，說明如何將「中式中文」改寫成「英式中文」，使中文翻譯成英文變得較容易。這些考題將在後續的專章中進一步地用「五段式翻譯

法」，或其簡化版「刪補式翻譯法」與「分合式翻譯法」解析。

例1

中式中文 ➡ 一般人都知道閱讀對孩子有益。 95 學測

英式中文 ➡ 一般人都知道閱讀是有幫助的對孩子。

（將介詞片語「對孩子」移到子句末端，加入動詞「是」，「有益」較
難翻譯，但改為「有幫助的」很容易想到 helpful）

英式文法 ➡ 一般人（S）＋都知道（V）＋閱讀（S）＋是（V）＋有幫助的（C）
＋對孩子。

➡ S＋V＋O（第三句型）（主要子句的受詞 O 是一個名詞子句 S＋V
＋C）.

譯為英文 ➡ Most people know that reading is helpful for children.

例2

中式中文 ➡ 如果我們只為自己而活，就不會真正地感到快樂。 96 學測

英式中文 ➡ 如果我們生活只為自己，（我們）不會真正地感到快樂。

（將介詞片語「只為自己」移到子句的末端。「而活」較難翻譯，但改
為「生活」很容易想到動詞 live。在主要子句要加入主詞「我們」）

英式文法 ➡ 如果（If）＋我們（S）＋生活（V）＋只為自己（介詞片語），我們（S）
＋不會真正地感到（V）＋快樂（C）。

➡ If＋S＋V（第一句型）＋介詞片語,S＋V＋C（第二句型）.

譯為英文 ➡ If we live only for ourselves, we will not really feel happy.

例3

中式中文 ➡ 當我們開始為他人著想，快樂之門自然會開啟。 96 學測

英式中文 ➡ 當我們開始考慮他人，快樂之門自然會開啟。

（「為他人著想」難翻譯，改為「考慮他人」很容易想到動詞 think
about）

英式文法 ➡ 當（When）＋我們（S）＋開始（V）＋考慮他人（O），快樂之門（S）
＋自然地會開啟（V）。

➡ When＋S＋V＋O（第三句型）,S＋V（第一句型）

譯為英文 ➡ When we start thinking about others, the door to happiness will naturally
open.

例4

中式中文 ➡ 除了用功讀書獲取知識外，學生應該培養獨立思考的能力。 98 學測

英式中文 ➡ 除了用功讀書（以）獲取知識外，學生也應該發展獨立思考的能力。

（在「獲取知識」前加入「以」，很容易想到不定詞片語 to gain knowledge，「培養」較難翻譯，但改為「發展」很容易想到動詞 develop）

英式文法 ➡ 除了（介詞）＋用功讀書以獲取知識外（O），學生（S）＋也應該發展（V）＋獨立思考的能力（O）。

● 介詞後面的「用功讀書以獲取知識」為動名詞片語，可分解成：用功＝副詞，讀書＝動名詞，以獲取知識＝不定詞片語＝to V ＋ O。順序為：讀書（Ving）＋用功（副詞）＋以獲取（to V）＋知識（O）後面的不定詞片語（to V ＋ O）是動名詞（studying）的表達目的之副詞性修飾語。

● 「獨立思考的能力」可分解成：

獨立＝副詞，思考＝動詞，能力＝名詞。順序上要倒過來：
名詞＋ to V ＋副詞，即用不定詞當做名詞的後位形容詞性修飾語。

➡ 介詞片語 , S ＋ V ＋ O（第三句型）

譯為英文 ➡ In addition to studying hard to gain knowledge, students should also develop the ability to think independently.

例⑤

中式中文 ➡ 在過去，腳踏車主要是作為一種交通工具。99 學測

英式中文 ➡ 在過去，腳踏車主要被用來作為一種交通工具。

（「是作為一種交通工具」較難翻譯，但改為「被用來作為一種交通工具。」很容易想到被動式 be used as a means of transportation）

英式文法 ➡ 在過去，腳踏車（S）＋主要被用來（V）＋作為一種交通工具（C）。

➡ 介詞片語 , S ＋ V ＋ C（第二句型）（V= 被動式 be used）

譯為英文 ➡ In the past, bicycles were mainly used as a means of transportation.

例⑥

中式中文 ➡ 臺灣的夜市早已被認為足以代表我們的在地文化。100 學測

英式中文 ➡ 臺灣的夜市早已被認為充分去代表我們的在地文化。

（將「被認為足以代表我們的在地文化」改成「被認為充分去代表我們的在地文化」，其中「被認為充分」較易想到用 be considered sufficient 翻譯，以及「去代表我們的在地文化」用不定詞片語 to represent our local culture 翻譯。）

英式文法 ➡ 臺灣的夜市（S）＋早已被認為（V）＋充分（C）＋去代表我們的在地文化（不定詞片語）。

    ➡ S＋V＋C（第二句型）＋不定詞片語

    （此一第二句型可視為第五句型的被動式）

譯為英文 ➡ The night markets in Taiwan have long been considered sufficient to represent our local culture.

例 7

中式中文 ➡ 近年來，許多臺灣製作的影片已經受到國際的重視。 101 學測

英式中文 ➡ 近年來，許多臺灣製作的影片已經收到國際的重視。

    （把「受到」改為「收到」，變成主動式，較易想到用 have received international attention 來翻譯）

英式文法 ➡ 近年來（介詞片語），許多臺灣製作的影片（S）＋已經收到（V）＋國際的重視（O）。

    ➡ 介詞片語 , S＋V＋O（第三句型）

譯為英文 ➡ In recent years, many films produced in Taiwan have received international attention.

例 8

中式中文 ➡ 都會地區的高房價對社會產生了嚴重的影響。 102 學測

英式中文 ➡ 都會地區的高房價已經產生了嚴重的對社會的影響。

    （把修飾動詞「產生」的副詞「對社會」改成修飾名詞「影響」的形容詞「對社會的」，並加入「已經」以表達完成式）

英式文法 ➡ 都會地區的高房價（S）＋已經產生了（V）＋嚴重的對社會的影響（O）。

    ➡ S＋V＋O（第三句型）

譯為英文 ➡ High housing prices in urban areas have resulted in serious impacts on society.

例 9

中式中文 ➡ 有些年輕人辭掉都市裡的高薪工作，返回家鄉種植有機蔬菜。 103 學測

英式中文 ➡ 有些年輕人辭掉他們的都市裡的高薪工作，並且返回到他們的家鄉去種植有機蔬菜。（加入「他們的」、「並且」、「到」家鄉、「去」種植…等字，其中「返回到他們的家鄉」較易想到用 returned to their hometowns 翻譯，以及「去種植有機蔬菜」用不定詞片語 to grow organic vegetables 翻譯。）

英式文法 ➡ 有些年輕人（S）＋辭掉（V）＋他們的都市裡的高薪工作（O），並且
（and）＋返回（V）＋到家鄉（介詞片語）＋去種植「有機蔬菜（不
定詞片語）。

➡ S＋V＋O（第三句型）, and S＋V（第一句型）＋介詞片語＋不定詞
片語

（第二句的主詞應省略）

譯爲英文 ➡ Some young people quit their high-paying jobs in the city, and returned to
their hometowns to grow organic vegetables.

例⑩
中式中文 ➡ 一個成功的企業不應該把獲利當作最主要的目標。 104 學測
英式中文 ➡ 一個成功的企業不應該認定獲利爲最主要的目標。

（將「把獲利當作最主要的目標」改成「認定獲利爲最主要的目標」，
較易翻譯爲 regard…as）

英式文法 ➡ 一個成功的企業（S）＋不應該認定（V）＋獲利（O）＋爲最主要的目
標（C）。

➡ S＋V＋O＋C（第五句型） 其中 O（獲利）＝動名詞片語（making
profit）

譯爲英文 ➡ A successful business should not regard making profit as its primary goal.

例⑪
中式中文 ➡ 自 2007 年營運以來，高鐵已成爲臺灣最便利、最快速的交通工具之一。
108 學測

英式中文 ➡ 自從開始營運在 2007 年，高鐵已成爲臺灣最便利、最快速的交通工具
之一。（「自 2007 年營運以來」改爲「自從開始營運在 2007 年」）

英式文法 ➡ 自從（介詞 Since）＋開始（Ving）＋營運（O）＋在 2007 年（介詞片
語），高鐵（S）＋已成爲（V）＋臺灣最便利、最快速的交通工具之
一（C）。

➡ 介詞片語, S＋V＋C（第二句型）

譯爲英文 ➡ Since starting operation in 2007, the High-Speed Rail has become one of the
most convenient and fastest vehicles in Taiwan.

　　雖然改寫成「英式中文」有助於將中文翻譯成英文，但從上述實例可以看出，
如果中文句子中（1）包含了冗長的修飾語，或者（2）包含多個子句（對等子

句、形容詞子句、名詞子句、副詞子句），翻譯仍然有相當高的難度。因此本章後續會介紹可以克服上述兩個問題的「五段式翻譯法」，以及其簡化版：專門處理包含了冗長的修飾語的句子之「刪補式翻譯法」，與專門處理包含了多個子句的句子之「分合式翻譯法」。

8-2 中譯英秘訣 2：中式英文

在中譯英時，也可以先將注意力擺在譯出語意合乎中文原意，但結構尚未能完全滿足英文慣用語法，帶有中文痕跡的「中式英文」句子。這種「中式英文」以英文的角度來看或許並不漂亮，但因為它的結構帶有中文痕跡，較容易構思如何把中文對應翻譯成英文。接著再修改成結構能滿足英文慣用語法，不帶有中文痕跡的「英式英文」句子，例如直接以不定詞片語、動名詞片語、名詞子句作為主詞或受詞可稱為「中式英文」，利用it作形式主詞或形式受詞來代替上述片語、子句，可稱為「英式英文」。

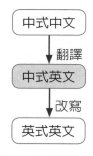

圖 8-2 中式英文的角色

例 1

中式中文 ➡ 給他提供一個好印象是非常重要的。

英式中文 ➡ 提供一個好印象給他（S）＋是（V）＋非常重要的（C）。

　　　　➡ S ＋ V ＋ C（第二句型）S＝ 不定詞

中式英文 ➡ To provide a good impression to him is very important.

英式英文 ➡ It is very important to provide a good impression to him.

例 2

中式中文 ➡ 他想說服我，沒有用的。

英式中文 ➡ 他想說服我（S）＋是（V）＋沒有用的（C）。

　　　　➡ S ＋ V ＋ C（第二句型）S＝ 動名詞

中式英文 ➡ His trying to persuade me is no use.

（his 所有格是動名詞 trying to persuade me 意義上的主詞，但必須使用所有格，而非主格）

英式英文 ➡ It is no use his trying to persuade me.

例3

中式中文 ➡ 很可惜你沒去看這部電影。

英式中文 ➡ 你沒去看這部電影（S）＋是（V）＋個遺憾（C）。

➡ S ＋ V ＋ C（第二句型） S＝名詞子句

中式英文 ➡ That you didn't go to see the film is a pity.

英式英文 ➡ It is a pity that you didn't go to see the film.

例4

中式中文 ➡ 父母教育兒女很困難。

英式中文 ➡ 父母教育兒女（S）＋是（V）＋非常困難的（C）。

➡ S ＋ V ＋ C（第二句型） S＝名詞子句

中式英文 ➡ That parents educate children is sometimes very difficult.

英式英文 ➡ It is sometimes very difficult that parents educate children.

例5

中式中文 ➡ 我將球拋給他，他接住了球。

英式中文 ➡ 我（S）＋拋（V）＋球（DO）＋給（to）＋他（IO），而他（S）＋接住了（V）＋球（O）。

➡ S ＋ V ＋ DO ＋介詞＋ IO（第四句型）, and ＋ S ＋ V ＋ O（第三句型）

中式英文 ➡ I threw ball to him, and he caught ball.

英式英文 ➡ I threw the ball to him, and he caught it.

（加上定冠詞 the, 改第二個 ball 改為 it）

例6

中式中文 ➡ 最好你去看看。

英式中文 ➡ 你（S）＋最好去看看（V）。（最好 =had better）

➡ S ＋ V（第一句型）

中式英文 ➡ You'd better go and see.

英式英文 ➡ You'd better go and see about it.（補上 about it 以滿足英文表達的需求）

此外要注意文法規則，這些規則大家都懂，但仍然常常犯錯。因此，翻譯成英

文後，務必仔細檢查，重點規則如下：

1. 動詞的錯用

規則 ⑴　動詞時式錯誤，例如該用現在完成式的時候，不可誤用現在式。

規則 ⑵　動詞語態錯誤，例如該用被動式的時候，不可誤用主動式。

規則 ⑶　動詞語氣錯誤，假設法現在式、未來式、過去式、過去完成式之誤用。

規則 ⑷　助動詞之後的動詞要用原形動詞。

規則 ⑸　使役動詞、感官動詞之後的不定詞要用原形不定詞。

規則 ⑹　第三人稱單數現在式的動詞不可漏加 s 或 es。

規則 ⑺　不規則動詞的過去式、過去分詞不可誤用規則動詞。

規則 ⑻　介詞後面可以接動名詞，不可接動詞。

2. 名詞的錯用

規則 ⑼　複數名詞要加 s 或 es，不可誤用單數名詞表達。

規則 ⑽　抽象與物質名詞不可用複數。

規則 ⑾　物的所有格要用 of N，不可使用「N's」來表達。

規則 ⑿　名詞作為形容詞要用 N1 of N2，不可用 N2 N1 來表達。

規則 ⒀　重複出現的名詞應改用代名詞來代替。

3. 形容詞的錯用

規則 ⒁　單數普通名詞前不可漏加冠詞（定冠詞 the、不定冠詞 a/an）。

規則 ⒂　抽象與物質名詞不可加冠詞（定冠詞 the、不定冠詞 a/an）。

規則 ⒃　不定冠詞 an 誤用為 a（子音前用 a，母音前用 an）。

8-3　中譯英秘訣 3：化繁為簡

翻譯的要訣是「化繁為簡」：

1. 先行排除冗長修飾語

將和文法無關的冗長修飾語先行排除，翻譯完核心句子後再補回。例如名詞的形容詞性修飾語，動詞的副詞性修飾語。簡單的修飾語，不會妨礙對中文句子文法結構的解析，與英文句子文法結構的組構者，不需排除。只需排除複雜的修飾語（不定詞片語、分詞片語、形容詞片語、介詞片語），讓翻譯過程中的解析與組構變得容易。形容詞子句、副詞子句本身有有文法結構，應該保留下一個步驟（分解成多個「簡單句」）來處理。

各舉一例如下：

修飾語		例句
形容詞性修飾語	形容詞	Honesty is the best policy. 誠實是最好的政策。
	不定詞片語	Youth is the time to learn. 青年是學習的時期。
	分詞片語	A barking dog never bites. 吠叫的狗不咬人。（虛張聲勢。）
	形容詞片語	A man apt to promise is apt to forget. 易於承諾的人易於遺忘。
	介詞片語	A stitch in time saves nine. 及時的一針省下九針。（及時行事，事半功倍。）
	形容詞子句	Heaven never helps the man who will not act. 上天從不幫助不願行動的人。
副詞性修飾語	副詞	The unexpected always happens. 意外總是發生。（天有不測之風雲。）
	不定詞片語	You must lose a fly to catch a trout. 你必須損失隻蒼蠅以捉鱒魚。（無本不生利。）
	介詞片語	You cannot burn the candle at both ends. 你不可以在兩端燒蠟燭。（不要操勞過度，免得消耗身心。）
	副詞子句	Health is not valued till sickness comes. 健康不被重視，直到疾病來到。（人在福中不知福。）

2. 分解成多個「簡單句」

　　將包含多個子句的句子分解成多個「簡單句」，分別翻譯成五大句型之一，再用連接詞組合回去。例如

⑴　對等子句：以對等連接詞結合兩個句子。例如 and, or, but 等對等連接詞。

功能	例句
並列	They went up, and we came down. 他們上去，而我們下來。
選擇	Work hard, or you will fail. 要努力工作，否則你會失敗。
讓步	It may sound strange, but it is true. 它聽起來奇怪，但是它是真的。

(2)　形容詞子句：和形容詞的作用相同。在句子中可修飾主詞、受詞、補語：

功能	例句
修飾主詞	No <u>man</u> that knows him will believe it. 　　S　　　　　　　　　　　　　V　　　O 沒有認識他的<u>人</u>相信它。
修飾受詞	I want a <u>man</u> who understands English. S V　　O 我需要一個懂英文的<u>人</u>。
修飾補語	This is the <u>boy</u> who showed me the way to the station. 　　S　V　　　C 這位是指引我到車站的路的<u>男孩</u>。

　　　形容詞子句的結構如下表：

結構		例句
關係副詞	主格	➡ This is the <u>boy</u> who broke the cup.　這就是打破杯子的男孩。 ➡ This is the <u>book</u> which caused such a sensation. 　　這就是造成如此轟動的書。 ➡ This is what causes such a sensation.　這就是造成轟動的東西。
	受格	➡ This is the <u>boy</u> whom I met yesterday.　這就是我昨天遇到的男孩。 ➡ This is the <u>book</u> which he gave me.　這就是他給我的書。 ➡ This is what he gave me.　這就是他給我的東西。
	所有格	➡ This is the <u>boy</u> whose father died in the accident. 　　這就是他的父親死於一場意外的男孩。 ➡ This is the <u>book</u> whose cover was designed by me. 　　這就是它的封面由我設計的書。
關係形容詞	which （那一個）	The letter was written in <u>French</u>, which language I did not understand. 那封信是用<u>法文</u>寫的，我不懂那種語言。
	what （全部的）	I'll give you what money I have. 我將給你我有的全部的錢。
關係副詞	時間 when	This is <u>the time</u> of the year when the flowers appear. 這是一年之中的花朵出現的<u>時候</u>。
	空間 where	This is <u>the place</u> where the accident occurred. 這就是那意外發生的<u>地方</u>。
	原因 why	He could give <u>the reason</u> why he had left home. 他能夠給出他離家的<u>理由</u>。
	方法 how	That is not （<u>the way</u>） how we do things here. 那不是我們在此地做事的<u>方式</u>。

(3) 名詞子句：經常用來當作句子的主詞（S）、受詞（O）、補語（C），例如

功能	例句
主詞	<u>That my father will come home tomorrow</u> seems unlikely. 　　　　　　　　　S　　　　　　　　　　　　V　　　C 我的父親明天將回家似乎是不可能的。
受詞	I can't tell <u>whose pen this is</u>. S　V　　　　O 我不能夠分辨這枝鋼筆是誰的。
主詞補語	That is <u>what we should do</u>. S　V　　　C 那就是我們應做的事。
受詞補語	His parents have made him <u>what he is now</u>. 　　　S　　　　　V　　　　O　　　C 他的雙親已經造成他成為他現在的樣子。
同位格	The <u>fact</u> <u>that the prisoner was guilty</u> was plain to everyone. 　　　S　　　　　同位格　　　　　　　V　C 那囚犯是有罪的這個事實對每個人都是清楚的。

名詞子句有時可以視爲沒有「先行詞」的形容詞子句。

例 1. This is the <u>boy</u> who broke the cup. （形容詞子句）

這就是打破杯子的男孩。

This is who broke the cup. （名詞子句）

這就是打破杯子者。

例 2. The time when it first occurred is not known. （形容詞子句）

何時它第一次發生的時間是不知道的。

When it first occurred is not known. （名詞子句）

何時它第一次發生是不知道的。

名詞子句的結構如下表：

結構		例句
從屬連接詞	1a	that （引導事實子句） That steel is an alloy is known to all of us. 鋼是合金是我們大家都知道的。
	1b	whether （是否）（引導是非疑問子句） Whether he will pass the test or not is a problem. 是否他將通過考試是個問題。

結構			例句
關係代名詞	關係代名詞	2a	who（誰），whom（誰），whose（誰的），which（那一個），what（什麼）
			Who will help me is not known yet. 誰將幫助我至今還不知道。
	複合關係代名詞	2b	whoever（無論誰），whosever（無論誰的），whichever（無論那一個），whatever（無論什麼）
			Whoever did that was a mistake. 無論誰做那件事都是一種錯誤。
關係形容詞	關係形容詞	3a	which（那一個的），what（什麼的）
			What properties steel has have been discovered. 鋼有什麼特性已經被發現了。
	複合關係形容詞	3b	whichever（無論那一個的），whatever（無論什麼的）
			Gases can fill whatever space they can get. 氣體能夠充滿它們能夠到達的任何空間。
關係副詞	關係副詞	4a	when（何時），where（何處），how（如何），why（為何）
			When it first occurred is not known. 何時它第一次發生是不知道的。
	複合關係副詞	4b	whenever（無論何時），wherever（無論何處）
			Whenever they will arrive is not a problem. 無論何時他們到達都不是問題。

⑷　副詞子句：可以在主要子句的前面或後面，以一個從屬連接詞開頭。例如

	功能	例句
1	時間	We must sow before we reap. 我們必須播種，在我們收穫之前。
2	空間	I have put it where you can find it easily. 我已經放它，在你能輕易找到它之處。
3	讓步	He is very happy indeed although he is poor. 他真的很快樂，雖然他很窮。
4	原因	He was set free because he was found innocent. 他被釋放，因為他被發現是無辜的。
5	結果	He is so poor that he cannot buy food. 他是如此地貧窮，以致他不能買食物。（so…that表示結果）
6	目的	Bring it nearer so that I may see it better. 拿近一點，以便我能更清楚地看它。（so that表示目的）
7	條件	You are wrong if I am right. 你就是錯的，如果我是對的。

	功能	例句
8	狀態	At Rome we must do <u>as</u> the Romans do. 在羅馬我們必須舉止，<u>如同</u>羅馬人一樣。
9	比較	Sounds travel much faster in water <u>than</u> they do in air. 聲音在水中傳播得更快得多，<u>比起</u>它們在空氣中傳播。

⑸ 分詞構句：當二個對等子句，或者主要子句與從屬子句的主詞相同時，其連接
詞與主詞可以省略，並將動詞改為分詞型態，稱為分詞構句。因此，分詞構句
可以說是對等子句、副詞子句的省略型。例如：

功能	例句
時間	When they heard the news, they all danced for joy. ➡ Hearing the news, they all danced for joy. （當他們）聽到這消息，他們全因高興而跳起舞來。
讓步	Though I admit what you say, I still think you are wrong. ➡ Admitting what you say, I still think you are wrong. （雖然我）承認你說的，我仍然認為你不對。
原因	Because Charles was tired, he stayed at home. ➡ Being tired, Charles stayed at home. （因為查理士）是疲倦了，所以查理士留在家中。
結果	He stood in the rain for hours so that he got ill the next day. ➡ He stood in the rain for hours, getting ill the next day. 他在雨中站了幾小時，（以致他）隔天生了病。
條件	If you exercise every morning, you will improve your health. ➡ Exercising every morning, you will improve your health. （如果你）每個早上運動，你將改善你的健康。

8-4 五段式中譯英翻譯法

利用前述「化繁為簡」的原理，本書提出「五段式中譯英翻譯法」：

第一步：排除修飾語

當句子太長時，會使得思考如何翻譯變得困難，因此五段式翻譯法的第一步即
將可以獨立翻譯的修飾語先排除，包括：

⑴ 形容詞性修飾語：不定詞、分詞片語、形容詞片語、介詞片語。

⑵ 副詞性修飾語：不定詞、介詞片語。

但重要的修飾語，如形容詞子句與副詞子句仍應保留，留待分解成獨立子句。

範例

一項對臺灣當今少年人詳盡的研究指出他們常看電視。

➡ 一項〔對臺灣當今少年人詳盡的〕研究指出他們常看電視。

➡ 一項研究指出他們常看電視。

第二步：成分簡單句

　　將已經簡化的中文成分許多個盡可能可以對應英文五大句型的獨立子句。如果獨立的子句實在無法找到對應的英文句型，則將中文子句改寫成「英式中文」子句，再尋找對應的英文句型。

範例

一項研究指出他們常看電視。

➡

第 1 句：一項研究指出… ➡ S＋V＋O （O＝他們常看電視＝名詞子句，即第 2 句）

第 2 句：他們常看電視 ➡ S＋V＋O

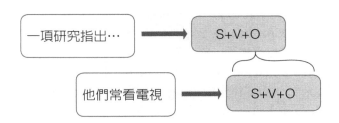

第三步：翻譯簡單句

　　將中文子句以英文五大句型翻譯成英文子句：

第 1 句型：S＋V

第 2 句型：S＋V＋C

第 3 句型：S＋V＋O

第 4 句型：S＋V＋IO＋DO

第 5 句型：S＋V＋O＋C

　　主詞與受詞的部分要注意：

⑴主詞（S）與受詞（O）可能是名詞、代名詞、不定詞、動名詞、名詞子句。

⑵如果缺少合適的主詞，有可能要譯成被動句，或添加主詞。

　　述詞的部分要注意：

⑴時式：十二時式。

⑵語態：主動與被動語態。

⑶ 語氣：直說法、祈使法、假設法語氣。

⑷ 助動詞：請求、建議、要求、願意、能夠、可能、習慣。

　　另外要注意句子應符合「英式英文」的要求，不要譯成「中式英文」，例如可利用It句型將「中式英文」修改成「英式英文」

⑴ 利用 it 作形式主詞，代替不定詞、動名詞、名詞子句。

⑵ 利用 it 作形式受詞，代替不定詞、動名詞、名詞子句。

範例

第 1 句：一項研究（S）＋指出（V）＋…（O）➡ S ＋ V ＋ O ➡ A study indicates that …

第 2 句：他們（S）＋常看（V）＋電視（O）➡ S ＋ V ＋ O ➡（that）they watched TV a lot

第四步：組合簡單句

　　將英文子句組成英文句子，注意

⑴ 要加入適當的連接詞或承轉副詞。

⑵ 相同的名詞要考慮用代名詞代替。

範例

第 1 句：A study indicates that …

第 2 句：（that）they watched TV a lot

➡ A study indicates that they watched TV a lot.

第五步：加入修飾語

　　將在第一步排除的修飾語譯出加入已譯出的英文句子。

範例

修飾語的翻譯

　　完整句子：一項〔對臺灣當今少年人詳盡的〕研究指出他們常看電視。

　　修飾語〔對臺灣當今少年人詳盡的〕改寫成「詳盡的今日的在臺灣的少年人的」：

➡ 一項〔詳盡的今日的在臺灣的少年人的〕研究

➡ A detailed study of today's teenagers in Taiwan

加入修飾語

A <u>detailed</u> study <u>of today's teenagers in Taiwan</u> indicates that they watched TV a lot.

「五段式」翻譯法適用於修飾語與子句結構都較複雜的句子，可以用圖8-3來說明。它把翻譯過程成分刪、分、譯、合、補五個步驟，可以用數學減、除、函數、乘、加來比喻。

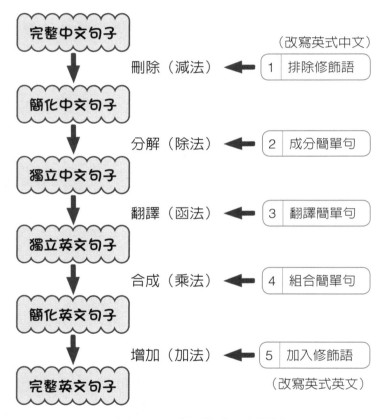

圖 8-3 「五段式」翻譯法

五段式翻譯法例句

一項對臺灣今日少年人詳盡的研究指出他們常看電視。

1. **排除修飾語**

   一項〔對臺灣今日少年人詳盡的〕研究指出他們常看電視。

   ➡ 一項研究指出他們常看電視。

2. **成分簡單句**

   第1句：一項研究指出…（主要子句）

   ➡ 一項研究（S）＋指出（V）＋…（O）

   ➡ S＋V＋O （第三句型）

   第2句：他們常看電視 （名詞子句，作為主要子句中的受詞）

   ➡ 他們（S）＋常看（V）＋電視（O）

   ➡ S＋V＋O （第三句型）

3. **翻譯簡單句**

   第1句：A study indicates that

   第2句：that they watched TV a lot

4. **組合簡單句**

   A study indicates that they watched TV a lot

5. **加入修飾語**

   〔對臺灣今日少年人詳盡的〕研究 ➡ detailed study of today's teenagers in Taiwan

   全部合併➡

   A detailed study of today's teenagers in Taiwan indicates that they watched TV a lot.

但是大部分的句子並不複雜,如果

1. 修飾語冗長,但子句單純

此時只需三步驟:

● 排除修飾語

● 翻譯簡單句

● 加入修飾語

稱為「刪補式」翻譯法。

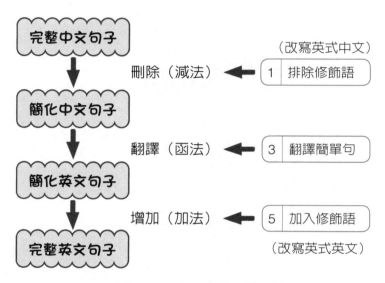

圖 8-3 「刪補式」翻譯法

刪補式翻譯法例句

氧化作用就是某一物質增加氧,從該物質中除去氫。

1. 排除修飾語

氧化作用是〔對物質的氧之〕增加,或〔從物質的氫之〕去除。

➡ 氧化作用是增加,或去除。

2. 翻譯簡單句

➡ 氧化作用(S)+是(V)+增加(C),或去除(C)。

➡ S+V+C or C.(第二句型)

➡ Oxidation is the addition or the removal.

3. 加入修飾語

〔對物質的氧之〕➡ of oxygen to a substance （介詞片語）

〔從物質的氫之〕➡ of hydrogen from a substance （介詞片語）

全部合併 ➡ Oxidation is the addition of oxygen to a substance, or the removal of hydrogen from a substance.

因為句中a substance重複兩次，可以省略一次，故改為

➡ Oxidation is the addition of oxygen to, or the removal of hydrogen from, a substance.

2. **多個子句，但修飾語單純**

此時只需三步驟：

● 成分簡單句

● 翻譯簡單句

● 組合簡單句

稱為「分合式」翻譯法。

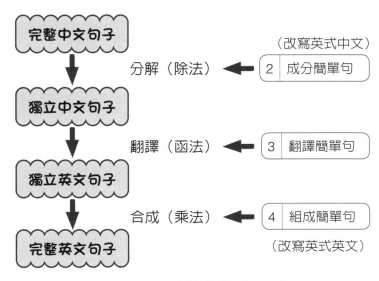

圖 8-4 「分合式」翻譯法

分合式翻譯法例句

雖然遭到許多癮君子的反對，這對不抽菸的人的確是一大福音。 95指考翻譯

1. **成分簡單句**

   第1句：雖然遭到許多癮君子的反對

   ➡ 這個句子省略主詞（它），因此要補上去。

   ➡ 雖然它被反對被許多癮君子

   ➡ 雖然（Although）＋它（S）＋被反對（V）＋被許多癮君子（by＋O）

   ➡ Although ＋ it ＋ V ＋ by ＋ O （V為被動式）

   第2句：這對不抽菸的人的確是一大福音。

   ➡ 這的確是一大福音對不抽菸的人。

   ➡ 這（S）＋ 的確是（V）＋ 一大福音（C）＋對不抽菸的人（介詞片語）。

   ➡ S＋V＋C＋介詞片語 （第二句型）

2. **翻譯簡單句**

   第1句：Although it is opposed by many heavy smokers

   第2句：this is indeed a great welfare for non-smokers.

3. **組合簡單句**

   Although it is opposed by many heavy smokers, this is indeed a great welfare for non-smokers.

TAKE A BREAK

Lesson 9 中譯英練習 1：直接式

章前重點

如果句子只含單一子句，可以選用五大句型之一直接翻譯。

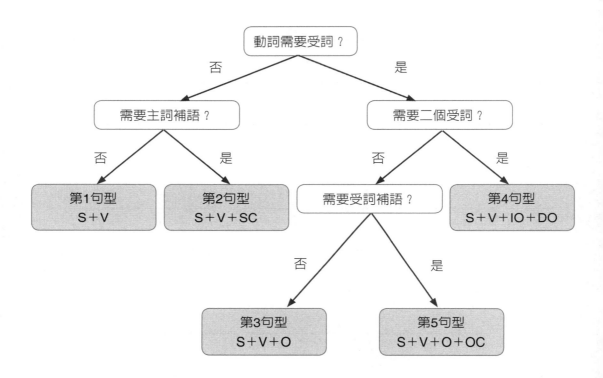

9-1 第一句型 S + V

第一句型可以接不同類型的副詞性修飾語，例如：

副詞性修飾語	例句
無	一隻鳥正在飛翔。 ➡一隻鳥（S）＋正在飛翔（V）。 ➡A bird is flying.
副詞	一切都發生得很突然。 ➡一切（S）＋都發生得（V）＋很突然（副詞）。 ➡It all happened very suddenly.
介詞片語	鳥在冬天向南方飛。 ➡鳥飛向南方在冬天。 ➡鳥（S）＋飛（V）＋向南方在冬天（修飾語）。 ➡Birds fly south in winter.
不定詞	我去看他。 ➡我（S）＋去（V）＋看他（to V O）。 ➡I go to see him.
副詞子句	當我去看他時，他仍在床上。 ➡當我去看他時（副詞子句），他（S）＋仍在（V）＋床上（介詞片語）。 ➡ When I went to see him, he was still in bed. 註：動詞「在」要用be動詞翻譯，屬於第一句型。

9-2 第二句型 S + V + C

第二句型的主詞補語有不同的類型，例如：

主詞補語	例句
名詞	他明年將是一位高中生。 ➡ 他將是一位高中生＋明年。 ➡ 他（S）＋將是（V）＋一位高中生（C）＋明年（副詞）。 He will be a high school student next year.
形容詞	房間裡已經是暗的了。 ➡ 天已經是暗的了在房間裡。 ➡ 天（S）＋已經是（V）＋暗的了（C）＋在房間裡（介詞片語）。 ➡ It was already dark in the room.
不定詞	看見才是相信。 ➡ 看見（S）＋才是（V）＋相信（C）。 ➡ To see is to believe.
動名詞	商業是買賣物品。 ➡ 商業（S）＋是（V）＋買賣物品（C）。 Commerce is buying and selling goods.

現在分詞	我將去海裡游泳。 ➡ 我將去游泳在海裡。 ➡ 我（S）＋將去（V）＋游泳（C）＋在海裡（介詞片語）。 ➡ I'll go swimming in the sea.
過去分詞	他們對我說的話看起來困惑。 ➡ 他們看起來困惑對我說的話。 ➡ 他們（S）＋看起來（V）＋困惑（C）＋對我說的話（介詞片語）。 ➡ They looked troubled at what I said.
介詞片語	這東西是重要的。 ➡ 這東西（S）＋是（V）＋重要的（C）。 ➡ The matter is of importance. 註：of importance= important
名詞子句	麻煩是他是一點都不聰明。 ➡ 麻煩（S）＋是（V）＋他是一點都不聰明（C）。 ➡ The trouble is that he is not at all smart.

9-3　第三句型 S ＋ V ＋ O

　　第三句型的受詞有不同的類型，例如：

受詞	例句
名詞	他喜歡魚。 ➡ He likes fish.
代名詞	他喜歡她。 ➡ He likes her.
不定詞	他同意擔任這一工作。 ➡ 他（S）＋同意（V）＋擔任這一工作（O）。 ➡ He agreed to undertake the work.
動名詞	他承認已經做了錯事。 他（S）＋承認（V）＋已經做了錯事（O）。 He admitted having done wrong.
名詞片語	他不知道應該選誰。 ➡ 他（S）＋不知道（V）＋應該選誰（O）。 He doesn't know whom to choose.
名詞子句	他想知道誰會來幫助他。 ➡ 他（S）＋想知道（V）＋誰會來幫助他（O）。 ➡ He wonders who will come to help him.

9-4　第四句型 S + V + IO + DO

第四句型的直接受詞有不同的類型，例如：

直接受詞	例句
名詞	歷史提供我們教訓。 ➡ 歷史（S）＋提供（V）＋我們（IO）＋教訓（DO）。 ➡ History affords us lessons.
名詞片語	我教她該如何開車。 ➡ 我（S）＋教（V）＋她（IO）＋該如何開車（DO）。 ➡ I taught her how to drive a car.
名詞子句	我教她她應該如何開車。 ➡ 我（S）＋教（V）＋她（IO）＋她應該如何開車（DO）。 ➡ I taught her how she should drive a car.
S＋V＋DO＋介詞＋IO	歷史提供教訓我給我們 ➡ 歷史（S）＋提供（V）＋教訓（DO）＋給（to）＋我們（IO）。 ➡ History affords lessons to us.

9-5　第五句型 S + V + O + C

要點 1 不完全及物動詞可接不同類型的受詞補語，例如：

動詞 get

受詞補語	例句
形容詞	他使得一切準備好。 ➡ 他（S）＋使得（V）＋一切（O）＋準備好（C）。 ➡ He got everything ready.
不定詞	他要他的朋友看醫生。 ➡ 他（S）＋要（V）＋他的朋友（O）＋看醫生（C）。 ➡ He got his friend to see a doctor.
現在分詞	他使得事情正在進行。 ➡ 他（S）＋使得（V）＋事情（O）＋正在進行（C）。 ➡ He got things moving.
過去分詞	他讓他的腿被弄斷了。 ➡ 他（S）＋讓（V）＋他的腿（V）＋被弄斷了（C）。 ➡ He got his leg broken.
介詞片語	他使得那裡每件事都整齊有序。 ➡ 他（S）＋使得（V）＋那裡每件事（O）＋都整齊有序（C）。 He got everything there in good order.

動詞 make

受詞補語	例句
名詞	父母親已經使得他為教師。 ➡ 父母親（S）＋已經使得（V）＋他（O）＋為教師（C）。 ➡ The parent has made him a teacher.
形容詞	這消息使得她高興。 ➡ 這消息（S）＋使得（V）＋她（O）＋高興（C）。 ➡ The news made her happy.
原形不定詞	數學老師要我們打開書本。 ➡ 數學老師（S）＋要（V）＋我們（O）＋打開書本（C）。 ➡ Math teacher made us open the book.
現在分詞	他使得事情正在開始。 ➡ 他（S）＋使得（V）＋事情（O）＋正在開始（C）。 ➡ He made things starting.
過去分詞	你必須讓你的立場被知道。 ➡ 你（S）＋必須讓（V）＋你的立場（O）＋被知道（C）。 ➡ You must make your position known.
介詞片語	我使那裡每件事都整齊有序。 ➡ 我（S）＋使（V）＋那裡每件事（O）＋都整齊有序（C）。 ➡ I made everything there in good order.
名詞子句	煤已經使得英國成為她現在是什麼。 ➡ 煤（S）＋已經使得（V）＋英國（O）＋成為她現在是什麼（C）。 ➡ Coal has made England what she is. 註：句中「成為」原可翻譯為to be，但通常省略。

要點 2 在使役動詞下使用不同類型的受詞補語其意義不同，例如以 have 為例：

受詞補語	例句
原形不定詞	他使我修理機器。 ➡ 他（S）＋使（V）＋我（O）＋修理機器（C）。 ➡ He had me repair the machine. （意思是I repaired the machine.） 註：使役動詞後一般用原形不定詞
現在分詞	他使我正在修理機器。 ➡ 他（S）＋使（V）＋我（O）＋正在修理機器（C）。 ➡ He had me repairing the machine. （意思是I was repairing the machine.） 註：強調主動與進行時用現在分詞

過去分詞	他使機器被修理。 他（S）＋使（V）＋機器（O）＋被修理（C）。 He had the machine repaired. （意思是The machine was repaired.） 註：強調被動與完成時用過去分詞

要點 3 在感官動詞下使用不同類型的受詞補語其意義不同，例如以 hear 為例：

受詞補語	例句
原形不定詞	我聽到她講法語。 ➡ 我（S）＋聽到（V）＋她（O）＋講法語（C）。 ➡ I heard her speak French. （意思是She spoke French.） 註：感官動詞後一般用原形不定詞
現在分詞	我聽到她正在講法語。 ➡ 我（S）＋聽到（V）＋她（O）＋正在講法語（C）。 ➡ I heard her speaking French. （意思是She was speaking French.） 註：強調主動與進行時用現在分詞
過去分詞	我聽到法語在她房間裡被講。 ➡ 我（S）＋聽到（V）＋法語（O）＋在她房間裡被講（C）。 ➡ I heard French spoken in her room. （意思是French was spoken in her room.） 註：強調被動與完成時用過去分詞

9-6 主詞的變化

結構	例句
名詞	她的快樂的景象給我快樂。 ➡ 她的快樂的景象（S）＋給（V）＋我（IO）＋快樂（DO）。 ➡ The sight of her happiness gave me pleasure.
代名詞	他不值得他的父母的愛。 ➡ 他（S）＋不值得（V）＋他的父母的愛（O）。 ➡ He did not deserve the love of his parents.
不定詞	責難無法幫助任何人。 ➡ 責難（S）＋無法幫助（V）＋任何人（O）。 ➡ To blame helps nobody.
動名詞	單獨地在泳池游泳是危險的。 ➡ 單獨地在泳池游泳（S）＋是（V）＋危險的（C）。 ➡ Swimming in the pool alone is dangerous.

名詞片語	是否去或不去還沒有決定。 ➡ 是否去或不去（S）＋還沒有決定（V）。（V＝被動式） ➡ Whether to go or not has not been decided.
名詞子句	是否莎士比亞寫下它將永遠保持是個祕密。 ➡ 是否莎士比亞寫下它（S）＋將永遠保持是（V）＋個祕密（C）。 ➡ Whether Shakespeare wrote it or not will always remain a secret.

9-7　形式主詞 It

	功能	例句
形式主詞	不定詞	開動機器需要動力。 ➡ 開動機器（S）＋需要（V）＋動力（O）。 ➡ It requires power to drive machines.
	動名詞	想說服他是沒用的。 ➡ 想說服他（S）＋是（V）＋沒用的（C）。 ➡ It is no use trying to persuade him.
	名詞子句	你不知道這樣的事是奇怪的。 ➡ 你不知道這樣的事（S）＋是（V）＋奇怪的（C）。 ➡ It was strange that you didn't know such a thing.
形式受詞	不定詞	我認為親切對待他們是我的責任。 ➡ 我（S）＋認為（V）＋親切對待他們（O）＋是我的責任（C）。 ➡ I thought it my duty to treat them kindly.
	動名詞	我認為在雨中行走是不舒服的。 ➡ 我（S）＋認為（V）＋在雨中行走（O）＋是不舒服的（C）。 ➡ I find it very unpleasant walking in the rain.
	名詞子句	我認為你熟知那些事實是當然的。 ➡ 我（S）＋認為（V）＋你熟知那些事實（O）＋是當然的（C）。 ➡ I took it for granted that you were fully acquainted with the facts.
強調構句	強調主詞	正是價格驚嚇他。 ➡ 正是（It was）＋價格（S）＋驚嚇（V）＋他（O）。 ➡ It was the price that surprised him.
	強調受詞	正是我們被李教授教化學。 ➡ 正是（It was）＋我們（IO）＋李教授（S）＋教（V）＋化學（DO）。 ➡ It is us whom Professor Lee teaches chemistry.
	強調修飾語	正是昨晚我拜訪她。 ➡ 正是（It was）＋昨晚（副詞性修飾語）＋我（S）＋拜訪（V）＋她（O）。 ➡ It was last night that I visited her.

功能		例句
強調構句	強調疑問詞	警方懷疑到底是什麼呢？ ➡ 警方（S）＋懷疑（V）＋到底是（it is）＋什麼（O）呢？ ➡ What it is that the police suspect?

9-8　There 句型

結構	例句
There ＋ be動詞	在牆上有一幅地圖。 ➡ 有（V）＋一幅地圖（S）＋在牆上（介詞片語）。 There is a map on the wall.
There ＋一般動詞	似乎有意見的分歧。 ➡ 似乎有（V）＋意見的分歧（S）。 ➡ There seems to be a division of opinion.
時式	在玻璃杯裡將有一些水。 ➡ 將有（V）＋一些水（S）＋在玻璃杯裡（介詞片語）。 ➡ There will be some water in the glass.
助動詞	在那裡一定有一些黃金。 ➡ 一定有（V）＋一些黃金（S）＋在那裡（介詞片語）。 ➡ There must be some gold there.
否定句	沒有剩下的錢。 ➡ 沒有（V）＋剩下的錢（S）。 ➡ There isn't any money left.
疑問句	在廚房裡有任何人嗎？ ➡ 有（V）＋任何人（S）＋在廚房裡（介詞片語）嗎？ ➡ Is there anyone in the kitchen?

Lesson 10 中譯英練習 2：刪補式

章前重點

如果句子除了含單一子句，還有複雜的片語 （不定詞片語、分詞片語、介詞片語），可用「刪補式」，即「刪、譯、補」三個步驟翻譯。

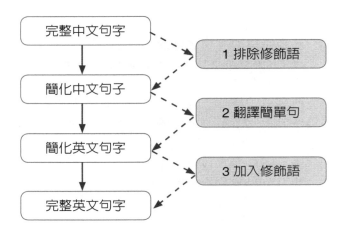

10-1 不定詞片語

例句 1

技術改革被廣泛視為保障未來繁榮的方法。

1. **排除修飾語**

    〔技術〕改革被〔廣泛〕視為〔保障未來繁榮的〕方法。

    ➡ 改革被視為方法。

2. **翻譯簡單句**

    ➡ 改革（S）＋被視為（V）＋方法（C）。

    ➡ S＋V＋C（第二句型，V＝is regarded as）

    ➡ innovation is regarded as the way

3. **加入修飾語**

    〔保障未來繁榮的〕方法

    ➡ （the way） to guarantee future prosperity（不定詞片語to V＋O，後位修飾名詞）

    全部合併➡

    Technological innovation is widely regarded as the way to guarantee future prosperity.

例句 2

已經有一個普遍視文藝復興為一個文化運動的傾向。

1. **排除修飾語**

    已經有一個普遍（的）〔視文藝復興為一個文化運動的〕傾向。

    ➡ 已經有一個普遍的傾向。

2. **翻譯簡單句**

    ➡ 已經有一個普遍的傾向（S）

    ➡ There＋be＋S

    ➡ There has been a widespread tendency.

3. 加入修飾語

〔視文藝復興為一個文化運動的〕

➡ 視（to V）＋文藝復興（O）＋為一個文化運動（C）

（不定詞片語to V＋O＋C，後位修飾名詞tendency，第五句型）

➡ to regard A as B

➡ to regard the Renaissance as a cultural movement

全部合併➡

➡ There＋be＋S＋to regard A as B

There has been a widespread tendency to regard the Renaissance as a cultural movement.

例句 3

為計算功率的大小，要把功除以時間。

1. 排除修飾語

〔為計算功率的大小，〕要把功除以時間。

➡ 要把功除以時間。

2. 翻譯簡單句

要把功除以時間。（缺少主詞，改用被動式）

➡ 功被除以時間。（改用被動式，轉換成英式中文）

➡ 功（S）＋被除（V）＋以時間（by O）。

➡ S＋V＋by＋O （第一句型，V是被動式）

➡ Work is divided by time.

3. 加入修飾語

〔為計算功率的大小〕

➡ 為（to）＋計算（V）＋功率的大小（O）（不定詞片語，表達目的之副詞性修飾語）

➡ To calculate the amount of power

全部合併➡

To calculate the amount of power, work is divided by time.

10-2　分詞片語

例句 4

環繞購物中心的區域將支持一個被提議的運動俱樂部。

1. **排除修飾語**

   〔環繞購物中心的〕區域將支持一個〔被提議的〕運動俱樂部。

   ➡ 區域將支持一個運動俱樂部。

2. **翻譯簡單句**

   ➡ 區域（S）＋將支持（V）＋一個運動俱樂部（O）。

   ➡ S＋V＋O　（第三句型）

   ➡ The area will support an athletic club.

3. **加入修飾語**

   〔環繞購物中心的〕

   ➡ 環繞（Ving）＋購物中心（O）　（現在分詞片語，後位修飾名詞The area）

   ➡ surrounding the shopping center

   〔被提議的〕➡ proposed　（過去分詞片語，前位修飾名詞athletic club）

   全部合併➡

   The area <u>surrounding the shopping center</u> will support a <u>proposed</u> athletic club.

例句 5

那些孩子想要買一些用簡單英語翻譯的故事書。

1. **排除修飾語**

   那些孩子想要買一些〔用簡單英語翻譯的〕故事書。

   ➡ 那些孩子想要買一些故事書。

2. **翻譯簡單句**

   ➡ 那些孩子（S）＋想要＋（V）＋買一些故事書（O）。

   ➡ S＋V＋O　（第三句型）

➡ The children want to buy some story books.

3. 加入修飾語

〔用簡單英語翻譯的〕

➡ 被翻譯（Ved）＋用簡單英語（介詞片語）（過去分詞片語，後位修飾名詞）

➡ translated in simple English

全部合併➡

The children want to buy some story books translated in simple English.

10-3 介詞片語（1）：介詞＋名詞

例句 6

哥倫布的美洲發現打開了新世界。

1. 排除修飾語

〔哥倫布的美洲〕發現打開了新世界。

➡ 發現打開了新世界

2. 翻譯簡單句

➡ 發現（S）＋打開了（V）＋新世界（O）

➡ S＋V＋O（第三句型）

➡ discovery opened a new world.

3. 加入修飾語

Columbus' discovery of America opened a new world.

例句 7

我們不懂得法律才發生那個不幸。

1. 排除修飾語

➡ 我們的法律的無知造成這個不幸。（英式中文）

➡ 〔我們的法律的〕無知造成這個不幸。（排除修飾語）

➡ 無知造成這個不幸

2. **翻譯簡單句**

➡ 無知（S）＋造成（V）＋那個不幸（O）。

➡ S＋V＋O （第三句型）

➡ Ignorance caused the misfortune.

3. **加入修飾語**

<u>Our</u> ignorance <u>of the law</u> caused the misfortune.

例句 8

這些作家的共同點是他們的人性觀。

1. **排除修飾語**

〔這些作家的〕共同點是他們的人性觀。

➡ 共同點是他們的人性觀。

2. **翻譯簡單句**

➡ 共同點（S）＋是（V）＋他們的人性觀（C）。

➡ S＋V＋C （第二句型）

➡ Common is their humanistic perspective.

3. **加入修飾語**

〔這些作家的 〕

➡ 介詞片語作為名詞「共同點」的後位形容詞性修飾語

➡ to all these writers

全部合併➡

Common <u>to all these writers</u> is their humanistic perspective.

例句 9

鸚鵡是以能模仿人的聲音而出名的。

➡ 〔英式中文〕鸚鵡是出名的<u>以牠們的模仿人的聲音的能力</u>。

1. **排除修飾語**

   鸚鵡是出名的〔以牠們的模仿人的聲音的能力〕。

   ➡ 鸚鵡是出名的。

2. **翻譯簡單句**

   ➡ 鸚鵡（S）＋是（V）＋出名的（C）。

   ➡ S＋V＋C （第二句型）

   ➡ Parrots are known.

3. **加入修飾語**

   以牠們的模仿人的聲音的能力

   ➡ 介詞片語作為表達原因的副詞性修飾語。

   ➡ for their ability to reproduce human speech

   全部合併➡

   Parrots are known <u>for their ability to reproduce human speech.</u>

第二種翻譯法

➡ 〔英式中文〕鸚鵡是出名的<u>因為牠們能模仿人的聲音</u>。

因為牠們能模仿人的聲音

➡ 因為（because）＋牠們（S）＋能模仿（V）＋人的聲音（O）。

➡ because＋S＋V＋O （副詞子句，第三句型）

➡ <u>because they can reproduce human speech</u>

全部合併➡

Parrots are known <u>because they can reproduce human speech.</u>

例句⑩

阿拉斯加作為防禦地區對戰略的重要性在他的演說中被加以強調。

1. **排除修飾語**

   ➡ 〔阿拉斯加作為防禦地區的戰略的〕重要性〔在他的演說中〕被加以強調。

   ➡ 重要性被加以強調。

2. **翻譯簡單句**

   ➡ 重要性（S）＋ 被加以強調（V）。

➡ S＋V（第一句型，V＝被動式）

➡ The importance was emphasized.

3. 加入修飾語

〔阿拉斯加作為防禦地區的〕➡ 介詞片語➡ of Alaska as a defense area

〔在他的演說中〕➡ 介詞片語➡ in his speech

全部合併➡

The <u>strategic</u> importance <u>of Alaska as a defense area</u> was emphasized <u>in his speech.</u>

例句⑪

氧、碳和氫這樣一些單純的物質稱為元素。

1. 排除修飾語

〔氧、碳和氫這樣一些〕單純的物質稱為元素。

➡ 單純的物質稱為元素。

2. 翻譯簡單句

➡ 單純的物質（S）＋（被）稱為（V）＋元素（C）。

➡ S＋V＋C（第二句型，V＝is known as）

➡ Simple materials are known as elements.

3. 加入修飾語

〔氧、碳和氫這樣一些〕

➡〔英式中文〕如此（單純的物質）如氧、碳和氫

➡ Such N as A, B, and C

➡ Such simple materials as oxygen, carbon, and hydrogen

全部合併➡

<u>Such simple</u> materials <u>as oxygen, carbon, and hydrogen</u> are known as elements.

例 句 12

氧化作用就是某一物質增加氧，從該物質中除去氫。

1. **排除修飾語**

   氧化作用是〔對物質的氧之〕增加，或〔從物質的氫之〕去除。

   ➡ 氧化作用是增加，或去除。

2. **翻譯簡單句**

   ➡ 氧化作用（S）＋是（V）＋增加（C），或去除（C）。

   ➡ S＋V＋C or C.（第二句型）

   ➡ Oxidation is the addition or the removal.

3. **加入修飾語**

   〔對物質的氧之〕➡ of oxygen to a substance （介詞片語）

   〔從物質的氫之〕➡ of hydrogen from a substance （介詞片語）

   全部合併➡

   Oxidation is the addition <u>of oxygen to a substance,</u> or the removal <u>of hydrogen from a substance.</u>

   因為句中a substance重複兩次，可以省略一次，故改為

   ➡ Oxidation is the addition of oxygen to, or the removal of hydrogen from, a substance.

例 句 13

憑藉本身的分子運動，糖分子最終會在整個水中擴散開。

1. **排除修飾語**

   〔憑藉本身的分子運動，〕糖分子〔最終〕會〔在整個水中〕擴散開。

   ➡ 糖分子會擴散開。

2. **翻譯簡單句**

   ➡ 〔英式中文〕糖分子會變成散開的

   ➡ 糖分子（S）＋會變成（V）＋散開的（C）。

➡ S＋V＋C.（第二句型）

➡ The sugar molecules would become scattered.

3. 加入修飾語

〔憑藉本身的分子運動，〕

➡〔英式中文〕憑藉分子的運動，

➡ By the movements of molecules（介詞片語）

〔在整個水中〕

➡ throughout the water （介詞片語）

全部合併➡

By the movements of molecules, the sugar molecules would finally become scattered throughout the water.

可以重新排序，將句首的介詞片語移到句中會更好

➡ The sugar molecules, by their movements, would finally become scattered throughout the water.

例 句 14

不論存在的原子數目有多少，任一元素的分子，總是由同一種原子構成的。

1. 排除修飾語

〔不論存在的原子數目有多少，〕任一元素的分子，總是由同一種原子構成的。

➡ 任一元素的分子，總是由同一種原子構成的。

2. 翻譯簡單句

任一元素的分子，總是由同一種原子構成的。（中式中文，不易翻譯）

➡〔英式中文〕任一元素的分子總是包含同一種原子。

➡ 任一元素的分子（S）＋總是包含（V）＋同一種原子（O）。

➡ S＋V＋O（第三句型，V＝consist of）

➡ The molecules of any element always consist of the same kind of atoms.

3. 加入修飾語

〔不論存在的原子數目有多少，〕（中式中文，不易翻譯）

135

➡ 〔英式中文〕不論原子存在的數目

➡ 不論 ＋ 〔原子存在的〕 ＋ 數目

● 不論數目➡Regardless of the number （介詞片語）

● 〔原子存在的〕➡ of atoms present （介詞片語）

➡ Regardless of the number of atoms present

全部合併➡

Regardless of the number of atoms present, the molecules of any element always consist of the same kind of atoms.

例句 15

科學家在美國登上非常崇高的地位是現代的一個現象。

1.　**排除修飾語**

科學家〔在美國〕登上非常崇高的地位是〔現代的〕一個現象。

➡ 科學家登上非常崇高的地位是一個現象。

2.　**翻譯簡單句**

科學家登上非常崇高的地位是一個現象。（中式中文，不易翻譯）

➡ 〔英式中文〕科學家的地位的興起是一個現象。

➡ 科學家的地位的興起（S） ＋ 是（V） ＋ 一個現象（C）。

➡ The rise of position of scientists is a phenomenon.

3.　**加入修飾語**

〔在美國〕➡ in the States（介詞片語）

全部合併➡

The rise of position of scientists in the States is a modern phenomenon.

例句 16

市政府的建議，在那些反對使用殺蟲劑，和那些認為殺蟲劑有必要用來拯救農作物的人們當中，重新燃起那場舊的爭論題目。

　　（這個句子的第1句是主詞，第2、3句是介詞片語，第4句是動詞、受詞，因此應該把第2、3句移到句末，並結合第1句、第4句為S＋V＋O第三句型）

➡ 〔英式中文〕

市政府的建議重新燃起那場舊的爭論，在那些反對使用殺蟲劑的人們和那些認為殺蟲劑有必要用來拯救農作物的人們之中。

1. **排除修飾語**

市政府的建議重新燃起那場舊的爭論〔，在那些反對使用殺蟲劑的人們和那些認為殺蟲劑有必要用來拯救農作物的人們之中〕。

➡ 市政府的建議重新燃起那場舊的爭論。

2. **翻譯簡單句**

➡ 市政府的建議（S）＋重新燃起（V）＋那場舊的爭論（O）。

➡ S＋V＋O （第三句型）

➡ The city's proposal has provoked an old debate.

3. **加入修飾語**

➡ 〔，在那些反對使用殺蟲劑的人們和那些認為殺蟲劑有必要用來拯救農作物的人們之中〕

➡ 在那些〔反對使用殺蟲劑的〕人們和那些〔認為殺蟲劑有必要用來拯救農作物的〕人們之中（此修飾語非常複雜，先排除修飾語中的修飾語）

➡ 在那些人們和那些人們之中

➡ between those and those.

〔反對使用殺蟲劑的〕 （修飾上述第一個those）

➡ （人們）＋反對（V）＋使用殺蟲劑（O）

➡ who（S）＋V＋O （形容詞子句，第三句型，其中O＝使用殺蟲劑＝不定詞片語）

➡ who oppose to use pesticides

〔認為殺蟲劑有必要用來拯救農作物的〕 （修飾上述第二個those）

➡ 〔英式中文〕（人們）認為殺蟲劑是必要的以拯救農作物

➡ 人們（S）＋認為（V）＋殺蟲劑是必要的以拯救農作物（O）

➡ who（S）＋V＋O （形容詞子句，第三句型，其中V＝認為＝feel，O＝名詞子句＝殺蟲劑是必要的以拯救農作物）

殺蟲劑是必要的以拯救農作物 （名詞子句，上述形容詞子句中的受詞）

➡ 殺蟲劑（S）＋是（V）＋必要的（C）＋以拯救農作物 （不定詞片語，副詞性修飾語）

➡ that＋S＋V＋C＋to V片語

➡ the pesticides are necessary to save the crops

合併得到

➡ who feel that the pesticides are necessary to save the crops

全部合併➡

The city's proposal has provoked an old debate between those who oppose to use pesticides and those who feel that the pesticides are necessary to save the crops.

10-4　介詞片語（2）：介詞＋動名詞

例句⑰

森林專家開始懷疑把所有森林大火都撲滅的做法。

1. 排除修飾語

森林專家開始懷疑〔把所有森林大火都撲滅的〕做法。

➡ 森林專家開始懷疑做法。

2. 翻譯簡單句

➡ 森林專家（S）＋開始（V）＋懷疑做法（O）。

➡ S＋V＋O　（第三句型，O＝懷疑做法＝to V＋O，「做法」可翻譯成「政策」）

➡ Forest experts are beginning to question the policy.

3. 加入修飾語

〔把所有森林大火都撲滅的〕

➡〔英式中文〕企圖消滅所有森林大火的

➡ of ＋ Ving ＋ O ➡ of attempting to extinguish all forest fires

（介詞片語中的受詞是動名詞片語，動名詞片語中動詞的受詞是不定詞片語to extinguish all forest fires）

全部合併➡

Forest experts are beginning to question the policy of attempting to extinguish all forest fires.

例句 18

根據醫學研究人員，這種植物證明有助防止感冒。

➡ 〔英式中文〕根據醫學研究人員，這種植物已經被證明有益<u>在防止感冒</u>。

1. 排除修飾語

    〔根據醫學研究人員，〕這種植物已經被證明有益〔在防止感冒〕。

    ➡ 這種植物已經被證明有益。

2. 翻譯簡單句

    ➡ 這種植物（S）＋已經被證明（V）＋有益（C）。

    ➡ S＋V＋C.（第二句型）

    ➡ This plant has proved helpful.

3. 加入修飾語

    〔根據醫學研究人員，〕➡ 介詞片語➡ According to medical researchers

    〔在防止感冒〕➡ 介詞片語➡ in preventing cold

    全部合併➡

    <u>According to medical researchers,</u> this plant has proved helpful <u>in preventing cold.</u>

例句 19

小說常把事件戲劇化，這和曲解事實之間有極大的分野。

➡ 〔英式中文〕有極大的差異<u>介於戲劇化事件在小說中與曲解事實</u>。

（「極大的分野」用「極大的差異」代替即可）

1. 排除修飾語

    有極大的差異〔介於戲劇化事件在小說中與曲解事實〕。

    ➡ 有極大的差異。

2. 翻譯簡單句

    ➡ 有極大的差異。

    ➡ There＋be＋S.（S＝極大的差異）

    ➡ There is a critical difference.

3. 加入修飾語

〔介於戲劇化事件在小說中與曲解事實〕

➡ 介於＋戲劇化事件在小說（A）＋與＋曲解事實（B）

➡ between＋A＋and＋B

　　A＝戲劇化事件在小說

　⇨ 戲劇化（Ving）＋事件（O）＋在小說（介詞片語）

　⇨ V＋O＋介詞片語 （第三句型）

　⇨ dramatizing events in fiction

　　B＝曲解事實

　⇨ 曲解（Ving）＋事實（O）

　⇨ V＋O （第三句型）

　⇨ distorting the truth

➡ between dramatizing events in fiction and distorting the truth

全部合併➡ There＋be＋S＋between＋A＋and＋B.

There is a critical difference between <u>dramatizing events in fiction</u> and <u>distorting the</u> <u>truth</u>.

例 句 20

在評估臺北居民面臨之問題時，我們應考慮我們是否有足夠的空間來容納如此龐大人口的問題。

1. 排除修飾語

〔在評估臺北居民面臨之問題時，〕我們應考慮〔是否有足夠的空間來容納如此龐大人口的〕問題。

➡ 我們應考慮問題。

2. 翻譯簡單句

➡ 我們（S）＋應考慮（V）＋問題（O）。

➡ S＋V＋O. （第三句型）

➡ We should consider the question.

3. 加入修飾語

◆ 修飾語A：〔在評估臺北居民面臨之問題時〕

➡ 在評估〔臺北居民面臨之〕問題時

● 在評估問題時➡ 介詞片語➡ In assessing the problems

● 臺北居民面臨之➡ 過去分詞片語➡ faced by Taipei residents

修飾語A合併➡ <u>In assessing the problems faced by Taipei residents</u>

◆ 修飾語B：〔是否有足夠的空間來容納如此龐大人口的〕

➡ of ＋是否有足夠的空間來容納如此龐大人口 （of是介詞，受詞是名詞子句）

➡ 是否有足夠的空間來容納如此龐大人口 （名詞子句）

➡ whether ＋有足夠的空間來容納如此龐大人口 （whether引導是非疑問子句）

➡ 有足夠的空間來容納如此龐大人口

➡ 有足夠的空間 〔來容納如此龐大人口〕

　⇨ 有足夠的空間➡ there be句型➡ there are enough space

　⇨〔來容納如此龐大人口〕 ➡ 爲如此大的人口➡ 介詞片語➡ for such a large
　　　population

修飾語B合併

➡ of ＋ whether ＋ there are enough space ＋ for such a large population

➡ of whether there are enough space for such a large population

全部合併➡ **修飾語A＋核心句子＋修飾語B**

<u>In assessing the problems faced by Taipei residents,</u> we should consider the question
<u>of whether there are enough space for such a large population.</u>

Lesson 11 中譯英練習 3：分合式

章前重點

如果句子包含多個子句，例如對等子句、形容詞子句、名詞子句、副詞子句，或者包含分詞構句、承轉副詞，可用「分合式」，即「分、譯、合」三個步驟翻譯。

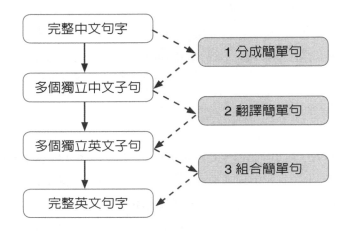

11-1 對等子句

已經知道約二百萬種化合物，而且每天都有新化合物在實驗室中製成。

1. **分成簡單句**

   第1句：已經知道約二百萬種化合物

   ➡〔英式中文〕約二百萬種化合物是已知的

   ➡ 約二百萬種化合物（S）＋是（V）＋已知的（C）

   ➡ S＋V＋C（第二句型）

   第2句：而且每天都有新化合物在實驗室中製成

   ➡〔英式中文〕而且新化合物被製造在實驗室中每天

   ➡ 而且（and）＋新化合物（S）＋被製造（V）＋在實驗室中（介詞片語）＋
   每天（副詞）

   ➡ and S＋V＋介詞片語＋副詞（第一句型）

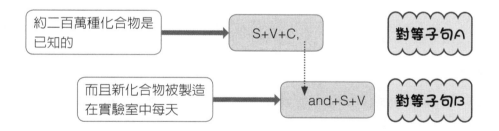

2. **翻譯簡單句**

   第1句：About two million compounds are known

   第2句：and new ones are made in laboratories everyday

3. **組合簡單句**

   About two million compounds are known and new ones are made in laboratories
   everyday.

例句 2

牛頓第三運動定律可以表述如下：力總是成對比出現的，而且此二力大小相等，方向相反。

1. **分成簡單句**

   第1句：牛頓第三運動定律可以表述如下

   ➡ 牛頓第三運動定律（S）＋可以（被）表述（V）＋如下（介詞片語）　（加入「被」字）

   ➡ S＋V＋介詞片語　（第一句型，V為被動式）

   第2句：力總是成對地出現

   ➡〔英式中文〕力總是出現成對地

   ➡ 力（S）＋總是出現（V）＋成對地　（介詞片語＝in pairs）

   ➡ S＋V＋介詞片語　（第一句型）

   第3句：而且此二力大小相等，方向相反

   ➡〔英式中文〕而且此二力是大小相等與方向相反　（加入「與」字）

   ➡ 而且（and）＋此二力（S）＋是（V）＋大小相等（C）＋與（and）＋方向相反（C）

   ➡ and＋S＋V＋C and C　（第二句型）

2. **翻譯簡單句**

   第1句：Newton's Third Law of Motion may be expressed as follows

   第2句：Forces always occur in pairs

   第3句：and the two forces in a pair are equal and opposite.

3. **組合簡單句**

   Newton's Third Law of Motion may be expressed as follows：Forces always occur in pairs, and the two forces in a pair are equal and opposite.

例句 3

憲法指出政府不得無償把私有財產取作公用，但為私有財產下定義的是政府。

1. **分成簡單句**

第1句：憲法指出…

➡ 憲法（S）＋指出（V）＋…（O）

➡ S＋V＋O（第三句型）

第2句：政府不得無償把私有財產取作公用

➡ 〔英式中文〕政府不得取得私有財產<u>為了公用沒有補償</u>

➡ 政府（S）＋不得取得（V）＋私有財產（O）＋為了公用（for介詞片語）
　＋沒有補償（without介詞片語）

➡ S＋V＋O＋for介詞片語＋without介詞片語　（第三句型）

第3句：但為私有財產下定義的是政府

➡ 〔英式中文〕但是政府定義私有財產

➡ 但是（but）＋政府（S）＋定義（V）＋私有財產（O）

➡ but＋S＋V＋O　（第三句型）

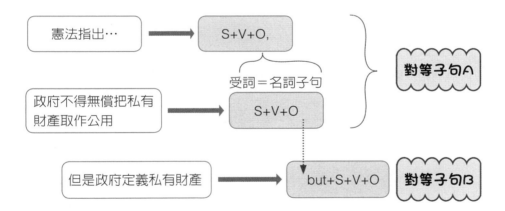

2. **翻譯簡單句**

第1句：the constitution states that

第2句：that the government may not take private property <u>for public use without compensation</u>

第3句：but the government defines private property

➡ but it is the government that defines private property　（It is…that是強調句型）

3. **組合簡單句**

The constitution states that the government may not take private property for public use without compensation, but it is the government that defines private property.

例 句 4

水是液體，但是，如果使它變得足夠冷，它就會變成固體。

1. 分成簡單句

第1句：水是液體

➡ 水（S）＋是（V）＋液體（C）

➡ S＋V＋C （第二句型）

第2句：但是如果我們使它足夠冷

➡ 但是（but）＋如果（if）＋我們（S）＋使（V）＋它（O）＋足夠冷（C）

➡ but if ＋S＋V＋O＋C（第五句型）

第3句：它就會變成固體

➡ 它（S）＋就會變成（V）＋固體（C）

➡ S＋V＋C（第二句型）

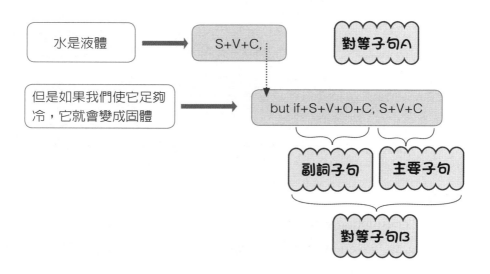

2. 翻譯簡單句

第1句：Water is a liquid

第2句：but if we make it cold enough

第3句：it becomes a solid

3. 組合簡單句

Water is a liquid, but if we make it cold enough, it becomes a solid.

11-2 形容詞子句

那些贊成自由市場的經濟學者沒有考慮社會主義國家的經濟。

1. 分成簡單句

那些〔贊成自由市場的〕經濟學者沒有考慮社會主義國家的經濟。

第1句（主要子句）：

那些經濟學者沒有考慮社會主義國家的經濟。

➡ 那些經濟學者（S）＋沒有考慮（V）＋ 社會主義國家的經濟（O）。

➡ S＋V＋O （第三句型）

第2句（形容詞子句，修飾主要子句中的主詞）：

（他們）贊成自由市場的

➡ 他們（S）＋贊成（V）＋自由市場（O）

➡ （「他們」是形容詞子句的主詞，要用主格關係代名詞who代替）

➡ who（S）＋贊成（V）＋自由市場（O）

➡ S ＋ V ＋ O （第三句型）

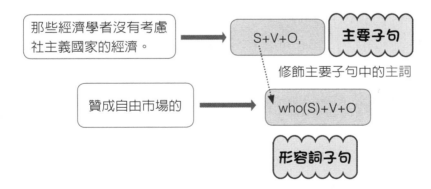

2. 翻譯簡單句

第1句（主要子句）：

➡ Those economists have not considered the economies of socialist countries.

第2句（形容詞子句，修飾主要子句中的主詞）：

➡ who argue for the free market

3. 組合簡單句

Those economists <u>who argue for the free market</u> have not considered the economies of socialist countries.

例句 6

我喜歡正站在門口的那個女孩。

1. 分成簡單句

我喜歡〔正站在門口的〕那個女孩。

第1句（主要子句）：
我喜歡那個女孩。
➡ 我（S）＋喜歡（V）＋那個女孩（O）。
➡ S＋V＋O.（第三句型）

第2句（形容詞子句，修飾主要子句中的受詞）：
（她）正站在門口的
➡ 她（S）＋正站（V）＋在門口（介詞片語）
➡ （「她」是形容詞子句的主詞，要用主格關係代名詞who代替）
➡ who（S）＋ V ＋介詞片語
➡ S＋V＋介詞片語（第一句型，V=現在進行式）

2. 翻譯簡單句

第1句（主要子句）➡ I like the girl.
第2句（形容詞子句，修飾主要子句中的受詞）➡ who is standing at the door.

3. 組合簡單句

I like the girl <u>who is standing at the door.</u>

力就是改變，或傾向改變某一物體的靜止狀態，或勻速直線運動狀的作用。

1. 分成簡單句

力就是〔改變，或傾向改變某一物體的靜止狀態，或勻速直線運動狀的〕作用。

第1句（主要子句）：

力就是作用。

➡ 力（S）＋就是（V）＋作用（C）。

➡ S＋V＋C. （第二句型）

第2句（形容詞子句，修飾主要子句中的補語）：

改變，或傾向改變某一物體的靜止狀態，或勻速直線運動狀的

➡ which（S）＋改變（V），或傾向改變（or V to V）＋某一物體的靜止狀態（O），或勻速直線運動狀的（or O）

➡ which（S）＋V, or V to V＋O, or O （第三句型，共用主詞）

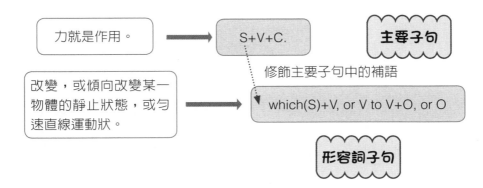

2. 翻譯簡單句

第1句（主要子句）

➡ Force is the effect.

第2句（形容詞子句，修飾主要子句中的補語）：

➡ which changes, or tends to change, the state of rest of a body, or its uniform motion in a straight line.

3. **組合簡單句**

Force is the effect <u>which changes, or tends to change, the state of rest of a body, or its uniform motion in a straight line.</u>

11-3　名詞子句

我們也知道發行獎券可以為市府帶來收益。

1. **分成簡單句**

第1句：我們也知道…

➡ 我們（S）＋知道（V）＋…（O）

➡ S＋V＋O

第2句：發行獎券可以為市府帶來收益

➡ 〔英式中文〕獎券可以帶來收益為市府

➡ 獎券（S）＋可以帶來（V）＋收益（DO）＋為（for）＋市府（IO）

➡ S＋V＋DO＋for＋IO　（第四句型）

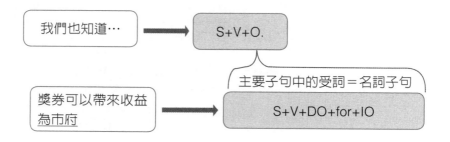

2. **翻譯簡單句**

第1句：we know that

第2句：（that）Lotteries can gather some revenue for the city.

3. **組合簡單句**

We know that Lotteries can gather some revenue for the city. （中式英文）

It is known that Lotteries can gather some revenue for the city. （英式英文）

（把We know that改成It is known that較佳）

例句9

然而我們應想到，野生動物屬於野外。

1. 分成簡單句

第1句：然而我們應想到…（主要子句）

➡ 然而（Yet）＋我們（S）＋應想到（V）＋…（O）

➡ Yet＋S＋V＋O

第2句：野生動物屬於野外 （名詞子句作為主要子句中的受詞）

➡ 野生動物（S）＋屬於（V）＋（在）野外（介詞片語）（加入「在」字）

➡ that＋S＋V＋介詞片語

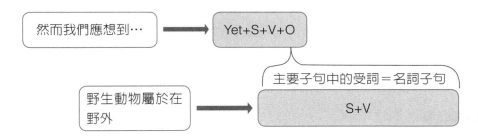

2. 翻譯簡單句

第1句：Yet we should remembered that

第2句：that a wild animal belongs in the wild.

3. 組合簡單句

Yet we should remembered that a wild animal belongs in the wild.（中式英文）

➡ Yet it should be remembered that a wild animal belongs in the wild.（英式英文）

（把we should remembered that改成it should be remembered that較佳）

例 句 10

老年人看不起年輕人是相當自然的。

第一種翻譯法（以名詞子句為主詞）

1. **分成簡單句**

   老年人看不起年輕人是相當自然的。

   ➡ 老年人看不起年輕人（S）＋是（V）＋相當自然的（C）。（以名詞子句為主詞）

   第1句：它是相當自然的 （主要子句）

   第2句：老年人看不起年輕人 （名詞子句）

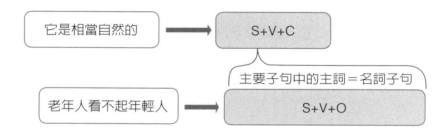

2. **翻譯簡單句**

   第1句：它是相當自然的 （主要子句）

   ➡ 它（S）＋是（V）＋相當自然的（C）。

   ➡ S＋V＋C （第二句型）

   ➡ it is quite natural

   第2句：老年人看不起年輕人 （名詞子句作為主要子句中的主詞）

   ➡ 老年人（S）＋看不起（V）＋年輕人（O）

   ➡ S＋V＋O （第三句型）

   ➡ the old despise the young

3. **組合簡單句**

   That the old despise the young is quite natural. （中式英文）（名詞子句以that引導）

   ➡ It is quite natural that the old despise the young. （英式英文）

（名詞子句作主詞時，可用It作形式主詞，把真主詞（名詞子句）移到句末）

<u>第二種翻譯法</u>（以不定詞片語為主詞）

老年人看不起年輕人是相當自然的。

➡〔英式中文〕輕視年輕人是很自然的對老年人。

➡輕視年輕人（S=to V O）＋是（V）＋很自然的（C）＋ 對老年人（介詞片語）。

➡S＋V＋C＋介詞片語

➡To despise young people is quite natural for the elderly.

➡〔英式英文〕It is quite natural for the elderly to despise young people.
（不定詞片語作主詞時，可用 It 作形式主詞，把真主詞（不定詞片語）移到句末）

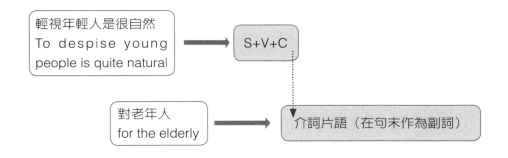

老年人看不起年輕人是相當自然的。

➡〔英式中文〕老年人對年輕人的輕視是很自然的。

➡〔老年人對年輕人的〕輕視是很自然的。（先移除修飾語）

➡輕視是很自然的。

➡輕視（S）＋是（V）＋很自然的（C）。

➡ S＋V＋C.（第二句型）

➡Contempt is quite natural.

修飾語〔老年人對年輕人的〕➡ of the old for the young

全部合併➡

Contempt of the old for the young is quite natural.

<u>第三種翻譯法</u>（以名詞為主詞）

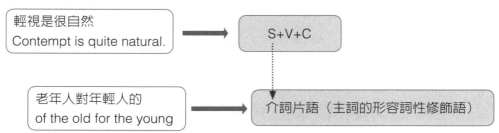

例句 ⑪

這個推論的缺陷在於，他認定他的學生足以代表所有的工學院學生。

1. **分成簡單句**

這個推論的缺陷在於，他認定他的學生足以代表所有的工學院學生。

➡〔英式中文〕這個推論的缺陷是他認定他的學生足以代表所有的工學院學生。

第1句：這個推論的缺陷是…（主要子句）

➡ 這個推論的缺陷（S）＋是（V）＋…（C）

➡ S＋V＋C （第二句型）

第2句：他認定…（名詞子句作為補語）

他（S）＋認定（V）＋…（O）

➡ S＋V＋O （第三句型）

第3句：他的學生足以代表所有的工學院學生 （名詞子句作為受詞）

➡〔英式中文〕他的學生可以代表所有的工學院學生

➡ 他的學生（S）＋可以代表（V）＋所有的工學院學生（O）

➡ S＋V＋O （第三句型）

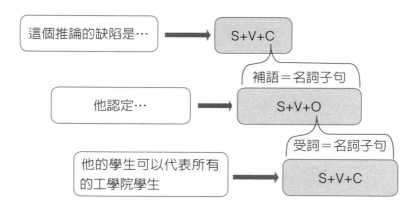

2. 翻譯簡單句

第1句：The flaw of this reasoning is that

第2句：（that） he assumes that

第3句：（that） his students can represent all of engineering students.

3. 組合簡單句

The flaw of this reasoning is that he assumes that his students can represent all of engineering students.

11-4　副詞子句

例句 12

由於太陽離地球較近，因而它對地球，以及地球上的生物影響很大。

➡ 〔英式中文〕由於太陽是相對地近的，它很大地影響地球以及地球上的生物。

1. 分成簡單句

第1句：由於太陽是相對地近的　（副詞子句）

➡ 由於（Because）＋太陽（S）＋是（V）＋相對地近的（C）

➡ Because＋S＋V＋C　（第二句型）

第2句：它很大地影響地球以及地球上的生物　（主要子句）

➡ 它（S）＋很大地影響（V）＋地球（O）＋以及（and）＋地球上的生物（O）

➡ S＋V＋O＋and＋O　（第三句型）

2. 翻譯簡單句

第1句：Because the sun is relatively close

第2句：the sun greatly affects the earth and life upon it

3. 組合簡單句

Because the sun is relatively close, the sun greatly affects the earth and life upon it.

由於副詞子句與主要子句的主詞都是the sun，可以使用分詞構句代替副詞子句

➡ Being relatively close, the sun greatly affects the earth and life upon it.

例句 13

由於醫生仔細地診察病人，所以病人很快就復原了。

第一種翻譯法（使用副詞子句）

1. **分成簡單句**

    第1句：（由於）醫生仔細地診察病人

    第2句：病人很快就復原了

2. **翻譯簡單句**

    第1句：（由於）醫生仔細地診察病人 （副詞子句）

    ➡ 由於（Because）＋醫生（S）＋仔細地診察（V）＋病人（O）

    ➡ Because＋S＋V＋O （第三句型）

    ➡ Because the doctor carefully examined the patient,

    第2句：病人很快就復原了 （主要子句）

    ➡〔英式中文〕病人復原了很快地

    ➡ 病人（S）＋ 復原了（V）＋ 很快地 （副詞）

    ➡ S＋V＋副詞 （第一句型）

    ➡ he recovered quickly.

3. **組合簡單句**

    全部合併➡

    Because the doctor carefully examined the patient, he recovered quickly.

第二種翻譯法 （使用第四句型）

由於醫生仔細地診察病人，所以病人很快就復原了。

➡〔英式中文〕醫生仔細的病人的檢查帶給他快速康復。

➡ 醫生仔細的病人的檢查（S）＋帶給（V）＋他（IO）＋快速康復（DO）。

➡ 第四句型＝主詞（S）＋述詞（V）＋間接受詞（IO）＋直接受詞（DO）

➡ The doctor's careful examination of the patient brought about him speedy recovery.

例句 14

然而這個結論無法成立，因為我們可以推論出能源的供應量不會那麼低。

1. **分成簡單句**

   第1句：然而這個結論無法成立（主要子句）

   ➡ 〔英式中文〕然而，這個結論是不成立的

   ➡ 然而，這個結論（S）＋ 是（V）＋ 不成立的（C）

   ➡ However, S＋V＋C （第二句型）

   第2句：因為我們可以推論出…（副詞子句）

   ➡ 因為（because）＋我們（S）＋ 可以推論出（V）＋ …（O）

   ➡ because ＋ S＋V＋O （第三句型）

   第3句：能源的供應量不會那麼低（副詞子句中當作受詞的名詞子句）

   ➡ 能源的供應量（S）＋不會是（V）＋ 那麼低（C） （加入「是」字）

   ➡ that＋S＋V＋C （第二句型）

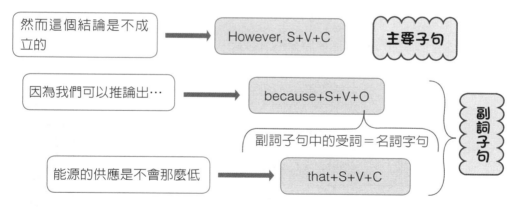

2. **翻譯簡單句**

   第1句：However, this conclusion is unwarranted

   第2句：because we can infer that ➡ because it can be inferred that （英式英文）

   第3句：that supplies of energy would not be so low.

3. **組合簡單句**

   However, this conclusion is unwarranted because it can be inferred that supplies of energy would not be so low.

Lesson
11

中譯英練習 3：分合式

157

例 句 15

由於我認為原來的比其他任何替代品都好，我選擇原來的。

1. **分成簡單句**

    第1句：由於我認為… （副詞子句）

    ➡ 由於（Since）＋我（S）＋認為（V）＋…（O）

    ➡ Since ＋ S＋V＋O （第三句型）

    第2句：原來的比其他任何替代品都好 （副詞子句中當作受詞的名詞子句）

    ➡ 〔英式中文〕原來的是更好的比起其他任何替代品

    ➡ 原來的(S)＋是(V)＋更好的(C)＋比起(than)＋其他任何替代品(S)

    ➡ that ＋S＋V＋C＋than＋S （第二句型）

    　（此一名詞子句又分成主要子句S＋V＋C、比較副詞子句than＋S。後者原本應該是「than＋其他任何替代品（S）＋是（V）＋好的（C）」，但因為它的V＋C和主要子句「原來的（S）＋是（V）＋更好的（C）」的V＋C相同，因此省略，只剩下主詞）

    第3句：我選擇原來的 （主要子句）

    ➡ 我（S）＋選擇（V）＋原來的（O）

    ➡ S＋V＋O （第三句型）

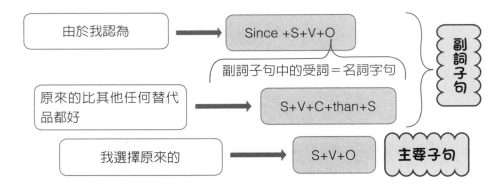

2. **翻譯簡單句**

    第1句：Since I think that （Since＝由於）

    第2句：（that） the original is better than any of the alternatives

    第3句：I choose the original.

3. 組合簡單句

Since I think that the original is better than any of the alternatives, I choose the original.

例句 16

如果你把一磅重的東西舉高一英呎，你就做了一英呎 - 磅的功。

〔英式中文〕如果你舉起一磅一英呎，你做了一英呎-磅的功。

1. 分成簡單句

第1句：如果你舉起一磅一英呎 （副詞子句）

➡ 如果（If）＋你（S）＋舉起（V）＋一磅（O）＋一英呎（介詞片語）

➡ If＋S＋V＋O＋介詞片語（第三句型）

第2句：你做了一英呎-磅的功（主要子句）

➡ 你（S）＋做了（V）＋一英呎-磅的功（O）

➡ S＋V＋O.（第三句型）

2. 翻譯簡單句

第1句：if you lift one pound one foot

第2句：you do one foot-pound of work

3. 組合簡單句

If you lift one pound one foot, you do one foot-pound of work.

例句 17

地心引力使我們得以保留在地球上；如果沒有地心引力，我們和其他一切東西，會飛離地球而進入太空。

1. 分成簡單句

第1句：地心引力使我們得以保留在地球上

➡ 〔英式中文〕地心引力抓住我們留在地球上。

➡ 地心引力（S）＋抓住（V）＋我們（O）＋留在地球上（C）

➡ S＋V＋O＋C （第五句型）

第2句：如果沒有地心引力 （副詞子句）

➡ 如果（if）＋沒有地心引力（使用There be句型）

➡ if＋there＋V＋S

第3句：我們和其他一切東西會飛離地球而進入太空 （主要子句）

➡ 我們和其他一切東西（S）＋會飛（V）＋離地球（介詞片語）＋進入太空（介詞片語）

➡ S＋V＋介詞片語＋介詞片語 （第一句型）

2. **翻譯簡單句**

第1句：Gravitation holds us on the earth（on the earth＝受詞補語）

第2句：if there was no gravitation （假設法過去式）

第3句：we and everything else would fly off the earth into space

3. **組合簡單句**

Gravitation holds us on the earth; if there was no gravitation, we and everything else would fly off the earth into space.

例句 18

人們怕政治迫害甚於怕天災。

➡ 〔英式中文〕人們更怕政治迫害比起天災。

1. **分成簡單句**

第1句：人們更怕政治迫害 （主要子句）

➡ 人們（S）＋更怕（V）＋政治迫害（O）

➡ S＋V＋O （其中V=be afraid of） （第三句型）

第2句：比起天災。 （副詞子句）

➡ 比起（than）＋天災（O）

➡ than＋O

（此一比較副詞子句than＋O原本應該是「than＋人們（S）＋怕（V）＋天災（O）」，但因為它的S＋V和主要子句「人們（S）＋更怕（V）＋政治迫害（O）」的S＋V相同，因此省略，只剩下受詞）

2. 翻譯簡單句

第1句：People are more afraid of political oppression

第2句：than natural disasters

3. 組合簡單句

People are more afraid of political oppression than natural disasters.

11-5 分詞構句

例句 19

> 利用電腦技術，研究人員能分析年輕人的行為。

1. 分成簡單句

第1句：利用電腦技術，（分詞構句）

➡ 可視為副詞子句省略了連接詞「由於」、主詞「研究人員」之分詞構句。

➡ 利用（Ving）＋電腦技術（O）， （第三句型）

第2句：研究人員能分析年輕人的行為。（主要子句）

➡ 研究人員（S）＋能分析（V）＋年輕人的行為（O）。

➡ S＋V＋O （第三句型）

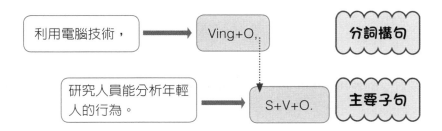

2. 翻譯簡單句

第1句：Using computer techniques

第2句：Researchers can analyze teenagers' behavior.

3. 組合簡單句

<u>Using computer techniques,</u> researchers can analyze teenagers' behavior.

例句⑳

運動著的燃燒產物持續地把熱能轉成動能，從而產生推力。

➡ 〔英式中文〕運動著的燃燒產物持續轉換熱能成為動能，從而產生推力。

1. **分成簡單句**

    第1句：運動著的燃燒產物持續轉換熱能成為動能。（主要子句）

    ➡ 產物（S）＋持續（V）＋轉換熱能成為動能（O）。

    ➡ S＋V＋O（第三句型）

    （O＝轉換熱能成為動能＝轉換＋熱能＋成為動能＝to V ＋ O ＋ into O＝不定詞片語＝第三句型V＋O＋介詞片語）

    第2句：從而產生推力 （分詞構句）

    ➡ 可視為副詞子句省略了連接詞「所以」、主詞「燃燒產物」之分詞構句。

    ➡ 從而產生（Ving）＋推力（O） （第三句型）

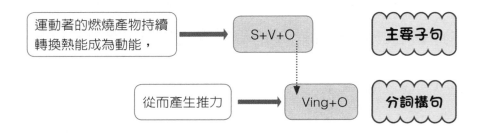

2. **翻譯簡單句**

    第1句：The moving combustion products continue to transform heat energy into kinetic.

    第2句：producing thrust

3. **組合簡單句**

    The moving combustion products continue to transform heat energy into kinetic, producing thrust.

11-6　承轉副詞

> 很多元素是稀有的，因此我們在日常生活中，從來見不到它們，從來不使用它們。

1.　**分成簡單句**

第1句：很多元素是稀有的
- ➡ 很多元素（S）＋是（V）＋稀有的（C）
- ➡ S＋V＋C　（第二句型）

第2句：因此，我們在日常生活中從未見到或使用它們
- ➡ 〔英式中文〕因此我們從未見到或使用它們在日常生活中
- ➡ 因此（Therefore）＋我們（S）＋從未見到（V）＋或（or）＋使用（V）＋它們（O）＋在日常生活中（介詞片語）
- ➡ Therefore, S＋V＋or＋V＋O＋介詞片語　（Therefore是承轉副詞）
　（第三句型S＋V or V＋O，兩個V平行，共用S與O）

2.　**翻譯簡單句**

第1句：Many elements are rare.

第2句：Therefore, we never see or use them in everyday life.

3.　**組合簡單句**

Many elements are rare. Therefore, we never see or use them in everyday life.

其他翻譯

1.　以對等連接詞（so）代替承轉副詞，兩句的關係變成對等子句。

Many elements are rare, so we never see or use them in everyday life.

2.　以從屬連接詞（so…that）代替承轉副詞，兩句的關係變成副詞子句與主要子句。

Many elements are so rare that we never see or use them in everyday life.

例句 22

他工作辛勤,然而,他去年沒有獲得升級。

1. **分成簡單句**

   第1句:他工作辛勤

   ➡ 他(S)+工作(V)+辛勤(副詞)

   ➡ S+V+副詞 (第一句型)

   第2句:然而,他去年沒有獲得升級

   ➡ 然而(however),他(S)+沒有獲得(V)+升級(O)+去年(副詞)

   ➡ however, S+V+O+副詞 (第三句型,however是承轉副詞)

2. **翻譯簡單句**

   第1句:He works hard.

   第2句:however, he did not get promotion last year

3. **組合簡單句**

   He works hard; however, he did not get promotion last year.

其他翻譯

1. 以對等連接詞(but)代替承轉副詞,兩句的關係變成對等子句。

   He works hard, but he did not get promotion last year.

2. 以從屬連接詞(although)代替承轉副詞,兩句的關係變成副詞子句與主要子句。

   Although he works hard, he did not get promotion last year.

TAKE A BREAK

Lesson 12 中譯英練習 4：五段式

章前重點

　　如果句子包含多個子句，還有複雜的片語，可用「五段式」，即「刪、分、譯、合、補」五個步驟翻譯。

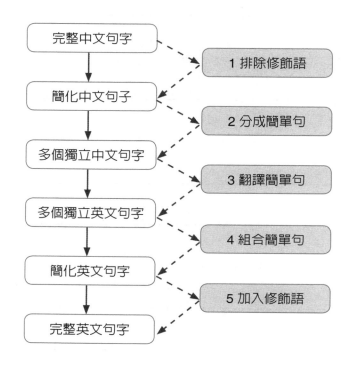

12-1　二個子句（含名詞子句）

例句 1

> 為了有效地辯護，支持者指出時間是最重要的因子。

1. **排除修飾語**

   〔為了有效地辯護，〕支持者指出時間是最重要的因子。

   ➡ 支持者指出時間是最重要的因子。

2. **分成簡單句**

   第1句：支持者指出⋯ （主要子句）

   ➡ 支持者（S）＋指出（V）＋⋯（O）

   ➡ S＋V＋O （第三句型）

   第2句：時間是最重要的因子。 （名詞子句，作為主要子句的受詞）

   ➡ 時間（S）＋是（V）＋最重要的因子（C）。

   ➡ S＋V＋C （第二句型）

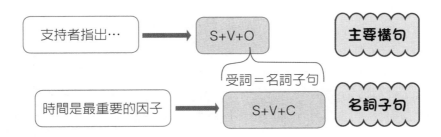

3. **翻譯簡單句**

   第1句：The supporters pointed out that

   第2句：（that）time is the most important factor

4. **組合簡單句**

   The supporters pointed out that time is the most important factor.

5. **加入修飾語**

   〔為了有效地辯護，〕➡ 表達目的之不定詞片語To V➡ To argue effectively

   全部合併➡

To argue effectively, the supporters pointed out that time is the most important factor.

例句 2

被救後的很長一段時間，他希望能和她在一起。

1. **排除修飾語**

   〔被救後的很長一段時間〕，他希望能和她在一起。

   ➡ 他希望能和她在一起。

2. **分成簡單句**

   第1句：他希望…（主要子句）

   ➡ 他（S）＋希望（V）＋…（O）

   ➡ S＋V＋O （第三句型）

   第2句：能和她在一起 （名詞子句，作為主要子句中的受詞）

   ➡〔英式中文〕他能停留和她 （加入主詞「他」）

   ➡ 他（S）＋能停留（V）＋和她（with介詞片語）

   ➡ S＋V＋介詞片語 （第一句型）

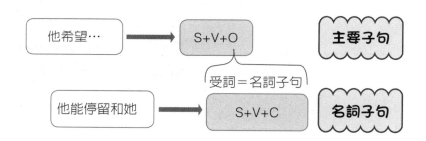

3. **翻譯簡單句**

   第1句：He hoped that

   第2句：（that）he can stay with her

4. **組合簡單句**

   He hoped that he could stay with her.

5. **加入修飾語**

   修飾語〔被救後的很長一段時間〕看似不好翻譯，但如果將「修飾語」中的修

飾語先移除，變成如下

➡ 〔被救後的〕很長一段時間

➡ 很長一段時間

➡ For a long time （介詞片語作為表達時間的副詞）

就可以看出〔被救後的〕可視為 time這個名詞的後位修飾語，但還是難以翻譯，故要改寫如下

➡ 〔英式中文〕在他的獲救之後

➡ 介詞（after）＋受詞（他的獲救）

➡ after his rescue （介詞片語作為修飾名詞time的形容詞）

修飾語合併➡ For a long time after his rescue

全部合併➡

For a long time after his rescue, he hoped that he could stay with her.

例句 3

一項對臺灣今日少年人詳盡的研究指出他們常看電視。

1. **排除修飾語**

   一項〔對臺灣今日少年人詳盡的〕研究指出他們常看電視。

   ➡ 一項研究指出他們常看電視。

2. **分成簡單句**

   第1句：一項研究指出…（主要子句）

   ➡ 一項研究（S）＋指出（V）＋…（O）

   ➡ S＋V＋O （第三句型）

   第2句：他們常看電視 （名詞子句，作為主要子句中的受詞）

   ➡ 他們（S）＋常看（V）＋電視（O）

   ➡ S＋V＋O （第三句型）

3. **翻譯簡單句**

   第1句：A study indicates that

   第2句：（that）they watched TV a lot

4. **組合簡單句**

   A study indicates that they watched TV a lot

5. 加入修飾語

〔對臺灣今日少年人詳盡的〕研究 ➡ detailed study <u>of today's teenagers in Taiwan</u>

全部合併

A <u>detailed</u> study <u>of today's teenagers in Taiwan</u> indicates that they watched TV a lot.

例 句 4

牛頓第二運動定律表明：加速某一物體所需的力，與這個物體的質量及其加速度成正比。

1. 排除修飾語

牛頓第二運動定律表明：〔加速某一物體所需的〕力，與〔這個物體的〕質量及〔其〕加速度成正比。

➡ 牛頓第二運動定律表明：力與質量及加速度成正比。

2. 分成簡單句

第1句：牛頓第二運動定律表明…（主要子句）

➡ 牛頓第二運動定律（S）＋表明（V）＋…（O）

➡ S＋V＋O （第三句型）

第2句：力與質量及加速度成正比 （名詞子句，作為主要子句中的受詞）

➡ 〔英式中文〕力是正比於質量及加速度

➡ 力（S）＋是正比於（V）＋質量及加速度（O）

➡ S＋V＋O and O （V= is proportional to，可視為及物動詞片語）（第三句型）

3. 翻譯簡單句

第1句：Newton's Second Law of Motion says:

第2句：the force is proportional to mass and acceleration.

4. 組合簡單句

Newton's Second Law of Motion says: The force is proportional to mass and acceleration.

5. 加入修飾語

● 〔加速某一物體所需的〕力 ➡ 過去分詞片語，後位修飾名詞「力」

➡ required ＋ to V ＋ O➡ required to accelerate an object

● 〔這個物體的〕質量➡ of the object

● 〔其〕加速度➡ its

全部合併➡

Newton's second law of motion says: The force <u>required to accelerate an object</u> is proportional to the mass <u>of the object</u> and its acceleration.

例 句 5

從上述研究之結果，我們可以可靠地結論說，測謊器能客觀測出是否說真話。

---

1. **排除修飾語**

   〔從上述研究之結果，〕我們可以〔可靠地〕結論說，測謊器能〔客觀地〕測出是否說真話。

   ➡ 我們可以結論說，測謊器能測出是否說真話。

2. **分成簡單句**

   第1句：我們可以結論說…（主要子句）

   ➡ 我們（S）＋可以結論說（V）＋…（O）

   ➡ S＋V＋O（第三句型）

   第2句：測謊器能測出是否說真話（名詞子句，當作主要子句的受詞）

   ➡〔英式中文〕測謊器能測出說真話（刪除原句子中的「是否」兩字）

   ➡ 測謊器（S）＋能測出（V）＋說真話（O）（說真話＝ truth-telling）

   ➡ that＋S＋V＋O（第三句型）

3. **翻譯簡單句**

   第1句：We can conclude that

   第2句：（that）the lie detector can measure truth-telling

4. **組合簡單句**

   We can conclude that the lie detector can measure truth-telling.

   （名詞子句是主要子句We can conclude…的受詞）

   ➡ It can be concluded that the lie detector can measure truth-telling.

   （名詞子句是主要子句It can be concluded…的真主詞）

5. 加入修飾語

〔從上述研究之結果〕

➡ 〔英式中文〕從<u>上面敘述的</u>研究之結果 （「上述」改爲「上面敘述的」）

➡ from the results of the study <u>cited above</u> （「上面敘述的」用過去分詞片語，此處about是副詞，不是介詞）

全部合併➡

It can be <u>reliably</u> concluded <u>from the results of the study cited above</u> that the lie detector can measure truth-telling <u>objectively.</u>

例句 6

在此政治性民意調查裡，受訪的人當中百分之60說他們會投票給 A 候選人。

1. 排除修飾語

〔在此政治性民意調查裡，〕〔受訪的人當中〕60%說他們會投票給A候選人。

➡ 百分之60說他們會投票給A候選人。

2. 分成簡單句

第1句：百分之60說… （主要子句）

➡ 百分之60 （S）＋說（V）＋…（O）

➡ S＋V＋O （第三句型）

第2句：他們會投票給A候選人 （當作主要子句的受詞之名詞子句）

➡ 他們（S）＋會投票給（V）＋A候選人（O）

➡ S＋V＋O （第三句型，V=vote for）

3. 翻譯簡單句

第1句（主要子句）：60 percent said that

第2句（名詞子句，是主要子句中的受詞）：(that) they would vote for candidate A. （注意主要子句「百分之60說」會譯成60 percent said，採用過去式，因此主要子句中的受詞，即名詞子句中的「會投票」有「願意投票」之意，也應採用過去式，譯爲would vote for，而非will vote for，也不是voted for）

4. 組合簡單句

60 percent said that they would vote for candidate A.

5. 加入修飾語

修飾語A：〔在此政治性民意調查中〕

➡ 介詞片語

➡ in the political poll

修飾語B：〔在受訪的人當中〕

➡ 介詞片語

➡ Of the group of people surveyed （surveyed=分詞片語, 後位修飾people）

全部合併➡

Of the group of people surveyed in the political poll, 60 percent said that they would vote for candidate A.

例 句 ⑦

重新看一下婦女角色在美國小說中的待遇，我們發現美國的社會觀點已有極戲劇性的改變。

1. 排除修飾語

〔重新看一下婦女角色在美國小說中的待遇，〕我們發現美國的社會觀點已有極戲劇性的改變。

➡ 我們發現美國的社會觀點已有極戲劇性的改變。

2. 分成簡單句

第1句：我們發現…（主要子句）

➡ 我們（S）＋發現（V）＋…（O）

➡ S＋V＋O （第三句型）

第2句：美國的社會觀點已有極戲劇性的改變 （名詞子句，主要子句的受詞）

➡ 美國的社會觀點（S）＋已有（V）＋極戲劇性的改變（O）

➡ S＋V＋O （第三句型）

3. 翻譯簡單句

第1句：we reveal that

第2句：that American social attitudes have undergone dramatic changes

4. 組合簡單句

We reveal that American social attitudes have undergone dramatic changes.

5. 加入修飾語

〔重新看一下婦女角色在美國小說中的待遇，〕

➡ 〔英式中文〕重新看一下婦女角色的待遇在美國小說中（介詞片語往後移）

➡ 這是省略連接詞After、主詞We的副詞子句，可用分詞構句翻譯，動詞改成現在分詞

➡ 重新看一下（Ving）＋婦女角色的待遇（O）＋在美國小說中（介詞片語）

➡ reviewing the treatment of female characters in American fiction

全部合併➡

Reviewing the treatment of female characters in American fiction, we reveal that American social attitudes have undergone dramatic changes.

例句 8

任何力學問題基本上都可以根據牛頓第二運動定律得到解決，該定律給了任一物體的加速度與作用在該物體上力之間的相互關係。

---

1. 排除修飾語

〔任何力學〕問題〔基本上〕都可以根據牛頓第二運動定律得到解決，該定律給了〔任一物體的〕加速度與〔作用在該物體上〕力之間的相互關係。

➡ 問題都可以根據牛頓第二運動定律得到解決，該定律給了加速度與力之間的相互關係。

2. 分成簡單句

第1句：問題都可以根據牛頓第二運動定律得到解決。 （主要子句）

➡ 〔英式中文〕問題能被解決在牛頓第二運動定律的基礎上

➡ 問題（S）＋能被解決（V）＋ 在牛頓第二運動定律的基礎上（介詞片語）

➡ S＋V＋介詞片語 （第一句型，V＝被動式）

第2句：該定律給了加速度與力之間的相互關係。

➡ 修飾第1句的「運動定律」的補述用的形容詞子句。

➡ 該定律（S）＋給了（V）＋加速度與力之間的相互關係（O）

➡ S＋V＋O＋<u>介詞片語</u>

（第三句型，S＝which law，其中which為關係形容詞，介詞片語「加速度與力之間的」是受詞「相互關係」的後位形容詞性修飾語）

3. 翻譯簡單句

第1句：Problem can be solved <u>on the basis of Newton's second law of motion.</u>

第2句：which law gives the relation <u>between the acceleration and the force.</u>

4. 組合簡單句

Problem can be solved <u>on the basis of Newton's second law of motion,</u> which law gives the relation between the acceleration and the force.

（注意後面的形容詞子句語是補述用途，用逗點分隔。）

5. 加入修飾語

● 〔任何力學〕問題 ➡ Any problem in mechanics （介詞片語）

● 〔基本上〕 ➡ in principle （介詞片語）

● 〔任一物體的〕 ➡ of any body （介詞片語）

● 〔作用在該物體上〕 ➡ acting on it （現在分詞片語，後位修飾名詞「力」）

全部合併➡

<u>Any</u> problem <u>in mechanics</u> can be solved <u>in principle</u> on the basis of Newton's second law of motion, which law gives the relation between the acceleration <u>of any body</u> and the force <u>acting on it.</u>

12-2 二個子句（含副詞子句）

例句 9

一般而言，現在的學生是比以前懶，因為我的學生當中越來越少人完成我交待的工作。

1. 排除修飾語

〔一般而言，〕現在的學生是比以前懶，因為〔我的學生當中〕越來越少人完成〔我交待的〕工作。

➡ 現在的學生是比以前懶，因為越來越少人完成工作。

2. 分成簡單句

第1句：現在的學生是比以前懶 （主要子句）

➡ 〔英式中文〕學生現在是較懶惰的比起他們過去是懶惰的

➡ 學生（S）＋現在是（V）＋較懶惰的（C）＋比起（than）＋他們（S）＋過去是（V）＋懶惰的（C）

➡ S＋V＋C＋than＋S＋V＋C　（第二句型＋than＋第二句型）

➡ S＋V＋C＋than＋S＋V　（第二個C相同，可以省略）

第2句：因為越來越少人完成工作　（原因副詞子句）

➡ 因為（because）＋越來越少人（S）＋完成（V）＋工作（O）

➡ because＋S＋V＋O　（第三句型）

3.　翻譯簡單句

第1句：students are lazier now than they used to be

第2句：because fewer and fewer regularly finish the work

4.　組合簡單句

Students are lazier now than they used to be because fewer and fewer regularly finish the work.

5.　加入修飾語

〔一般而言〕➡ on the whole　（介詞片語）

〔我的學生當中〕➡ of my students　（介詞片語）

〔我交待的〕工作

➡ 是修飾先行詞「工作」的形容詞子句

➡ 〔英式中文〕我交待他們工作　（補上間接受詞「他們」）

➡ 我（S）＋交待（V）＋他們（IO）＋工作（DO）

➡ S＋V＋IO＋DO　（第四句型）

➡ I assign them work

➡ I assign them that（改為形容詞子句，用that取代work）

➡ that I assign them（that是受格關係代名詞，要移到形容詞子句的開頭）

➡ that they are assigned（因主詞很明顯是「我」，不必強調，故改為被動式）

全部合併➡

On the whole, students are lazier now than they used to be because fewer and fewer of my students regularly finish the work that they are assigned.

例句⑩

這世界充滿了形形色色事物,除非保持某種秩序和組織,否則其結果很快就會雜亂無章、一片混亂。

1. 排除修飾語

這世界充滿了形形色色事物,〔除非保持某種秩序和組織,〕否則其結果很快就會雜亂無章、一片混亂。(第二句「除非…」是副詞子句,是附加句)

➡ 這世界充滿了形形色色事物,否則其結果很快就會雜亂無章、一片混亂。

➡ 〔英式中文〕這世界充滿了如此多的事物,以致於結果很快就會是混亂與混沌。(第二句翻譯為so… that的「如此…以致」的「結果」副詞子句)

2. 分成簡單句

第1句:這世界充滿了如此多的事物 (主要子句)

➡ 這世界(S)+充滿了(V)+ 如此多的事物(O)

➡ S+V+O (V=is full of)(第三句型)

第2句:以致於結果很快就會是混亂與混沌 (結果副詞子句)

➡ (以致於)+結果(S)+很快就會是(V)+混亂與混沌(C)

➡ so…that+S+V+C (結果副詞子句)(第二句型)

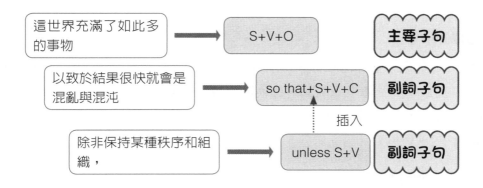

3. 翻譯簡單句

第1句:the world is full of so many things

第2句:that the result soon would be confusion and chaos

4. 組合簡單句

The world is full of so many things that the result soon would be confusion and chaos.（so…that結果副詞子句的so要放在主要子句的形容詞many之前）

5.　加入修飾語

〔除非保持某種秩序和組織，〕

➡〔英式中文〕除非某種秩序和組織被保持　（副詞子句，原句無主詞，因此以受詞爲主詞，改成被動式）

➡除非（unless）＋某種秩序和組織（S）＋被保持（V）

➡unless ＋ S ＋ V　（第一句型，V爲被動式）

➡unless some order and organization are maintained

全部合併➡

The world is full of so many things that, <u>unless some order and organization are maintained,</u> the result soon would be confusion and chaos.

例 句 ⑪

如果二個部落戰爭，戰勝的部落就會因取得新的領土而增加人口。

1.　排除修飾語

如果二個部落戰爭，戰勝的部落就會〔因取得新的領土而〕增加人口。

➡如果二個部落戰爭，戰勝的部落就會增加人口。

2.　分成簡單句

第1句：如果二個部落戰爭　（條件副詞子句）

➡〔英式中文〕如果二個部落有戰爭　（加入動詞「有」）

➡如果（If）＋二個部落（S）＋有（V）＋戰爭（O）

➡If＋S＋V＋O　（第三句型）

第2句：戰勝的部落就會增加人口　（主要子句）

➡戰勝的部落（S）＋就會增加（V）＋人口（O）

➡S＋V＋O　（第三句型）

3.　翻譯簡單句

第1句：If two tribes had a war

第2句：the victorious tribe increased its population

4.　組合簡單句

If two tribes had a war, the victorious tribe increased its population.

5. 加入修飾語

修飾語〔因取得新的領土而〕

➡〔英式中文〕因新領土之取得

➡ because of ＋受詞 （介詞片語）

➡ because of acquisition of new territory

全部合併➡

If two tribes had a war, the victorious tribe increased its population <u>because of</u> <u>acquisition of new territory</u>.

例 句 12

由此可見，如果任意兩點之間沒有電荷流動，則這兩點必然處於相同的電位。

1. 排除修飾語

➡〔由此可見，〕如果〔任意兩點之間〕沒有電荷的流動，這兩點必然是在相同的電位。

➡ 如果沒有電荷的流動，這兩點必然是在相同的電位。

2. 分成簡單句

第1句：（如果）沒有電荷的流動 （條件副詞子句）

➡ If＋There句型

第2句：這兩點必然是在相同的電位 （主要子句）

➡ 這兩點（S）＋必然是（V）＋在相同的電位（介詞片語）

➡ S＋V＋介詞片語 （V=be動詞，此be是「存在」之意，屬第一句型）

3. 翻譯簡單句

第1句：If there is no movement of electricity

第2句：those points must be at the same electrical level

4. 組合簡單句

If there is no movement of electricity, those points must be at the same electrical level.

5. 加入修飾語

〔由此可見〕➡可改成〔因此〕➡ 承轉副詞➡ Therefore

〔任意兩點之間〕➡ 介詞片語➡ between any two points

全部合併➡

Therefore, if there is no movement of electricity <u>between any two points,</u> those points must be at the same electrical level.

12-3　三個以上子句

例句⑬

兩根鐵軌的接頭，在冷天是不接觸的，但在熱天，每根鐵軌都會膨脹，於是這兩個接頭點更靠近了。

1. 排除修飾語

〔兩根鐵軌的〕接頭〔在冷天〕是不接觸的，但〔在熱天〕每根鐵軌都會膨脹，於是這兩個接頭點更靠近了。

➡ 接頭是不接觸的，但每根鐵軌都會膨脹，於是這兩個接頭點更靠近了。

2. 分成簡單句

第1句：接頭是不接觸的　（對等子句）

➡ 接頭（S）＋不是（V）＋接觸的（C）

➡ S＋V＋C　（第二型）

第2句：（但是）每根鐵軌都會膨脹　（以but和第1句相連的對等子句）

➡ 但是（but）＋每根鐵軌（S）＋都會膨脹（V）

➡ but＋S＋V　（第一句型）

第3句：（於是）這兩個接頭點更靠近了　（以承轉副詞therefore和第2句相連）

➡〔英式中文〕（因此）這兩個接頭點變得更靠近了

　　（「於是」可改成「因此」，並加入「變得」做為動詞）

➡ 因此（Therefore）＋這兩個接頭點（S）＋變得（V）＋更靠近了（C）

➡ Therefore, S＋V＋C　（第二句型）

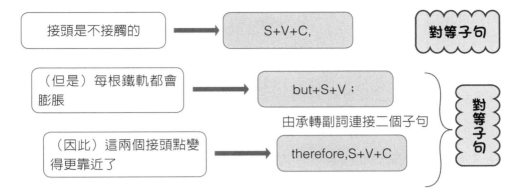

接頭是不接觸的	➡	S+V+C,	對等子句
（但是）每根鐵軌都會膨脹	➡	but+S+V；由承轉副詞連接二個子句	對等子句
（因此）這兩個接頭點變得更靠近了	➡	therefore,S+V+C	

3. 翻譯簡單句

第1句：The joint is not in contact　（介詞片語in contact視為形容詞）

第2句：but each rail expands

第3句：therefore, the joint gets nearer together.

4. 組合簡單句

The joint is not in contact, but each rail expands; therefore, the joint gets nearer together.

5. 加入修飾語

〔兩根鐵軌的〕➡ of the two rails　（介詞片語）

〔在冷天〕➡ on a cold day　（介詞片語）

〔在熱天〕➡ on a hot day　（介詞片語）

全部合併➡

On a cold day the joint of the two rails is not in contact, but on a hot day each rail expands; therefore, the joint gets nearer together.

例句14

我們可以說民主政治最重要的美德之一，就是讓人民參與其領導人物之選舉。

1. 排除修飾語

我們可以說〔民主政治最重要的〕美德〔之一〕就是讓人民參與〔其領導人物之〕選舉。

➡ 我們可以說美德就是讓人民參與選舉。

2. **分成簡單句**

第1句：我們可以說…（主要子句）

➡ 我們（S）＋可以說（V）＋…（O）

➡ S＋V＋O （第三句型）

第2句：美德就是…（當作主要子句的受詞之名詞子句）

➡ 美德（S）＋就是（V）＋…（C）

➡ that＋S＋V＋C （第二句型）

第3句：讓人民參與選舉（當作第2句的主詞補語之名詞子句）

➡ 讓（V）＋人民（O）＋參與選舉（C）

（祈使句，V=let，C=參與選舉=participate in the election）

➡ that＋V＋O＋C（that=名詞子句的連接詞）

3. **翻譯簡單句**

第1句：We could argue that

第2句：（that） virtue is that

第3句：（that） let people participate in the election

4. **組合簡單句**

We could argue that virtue is that let people participate in the election. （中式英文）

5. **加入修飾語**

〔民主政治的最重要的〕美德〔之一〕

➪ 民主政治的 = of democracy （介詞片語）

➪ 最重要的 = the most significant

➪ 之一 = one of （介詞片語）

➡ one of the most significant virtues of democracy （virtue要改為複數virtues）

〔其領導人物之〕➡ of their leaders （介詞片語）

全部合併➡

We could argue that <u>one of the most significant</u> virtues <u>of democracy</u> is that let people participate in the election <u>of their leaders</u>.

➡ 〔英式英文〕It could be argued that <u>one of the most significant</u> virtues <u>of democracy</u> is that let people participate in the election of their leaders.

（因We could argue that的主詞用We，其實並不指特定人，因此不必強調，故改為被動式It could be argued that更佳）

例句 15

據說，數學是所有其他科學的基礎，而算術即數字科學又是數學的基礎。

1. 排除修飾語

據說，數學是〔所有其他科學的〕基礎，而算術〔即數字科學〕又是〔數學的〕基礎。 ➡ 據說，數學是基礎，而算術又是基礎。

2. 分成簡單句

第1句：據說（主要子句）

➡ It is said that

第2句：數學是基礎 （名詞子句，作爲主要子句中的眞主詞）
➡ 數學（S）＋是（V）＋基礎（C）
➡ S＋V＋C （第二句型）

第3句：而算術又是基礎 （第2句的對等子句）
➡ 而（and）＋算術（S）＋又是（V）＋基礎（C）
➡ and＋S＋V＋C（第二句型）

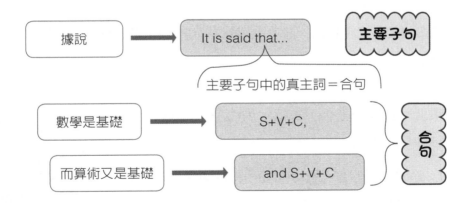

3. 翻譯簡單句

第1句：It is said that
第2句：（that） mathematics is the base
第3句：and that arithmetic is the base

Lesson **12**

中譯英練習 4：五段式

4. 組合簡單句

It is said that mathematics is the base, and that arithmetic is the base.

5. 加入修飾語

- 〔所有其他科學的〕➡ of all other sciences（介詞片語）
- 〔即數字科學〕➡ the science of numbers（同位格）
- 〔數學的〕➡ of mathematics（介詞片語）

全部合併➡

It is said that mathematics is the base <u>of all other sciences,</u> and that arithmetic, <u>the science of numbers,</u> is the base <u>of mathematics.</u>

例 句 16

牛頓第一運動定律指出：除非受到外力作用，否則物體將繼續保持其靜止狀態，或等速直線運動狀態。

1. 排除修飾語

牛頓第一運動定律指出：除非受到外力作用，物體將繼續保持其〔靜止，或等速直線運動〕狀態。

➡ 牛頓第一運動定律指出：除非受到外力作用，物體將繼續保持其狀態。

2. 分成簡單句

第1句：牛頓第一運動定律指出…（主要子句）

➡ 牛頓第一運動定律（S）＋指出（V）＋…（O）

➡ S＋V＋O （第三句型）

第2句：除非受到外力作用 （主要子句中的受詞之名詞子句的條件副詞子句）

➡ 除非（unless）＋它（S）＋被作用（V）＋被外力（by＋O） （V為被動式）

➡ unless ＋ S ＋ V ＋ by ＋ O （第一句型）

第3句：物體將繼續保持其狀態 （主要子句中的受詞之名詞子句的主要子句）

➡ 物體（S）＋將繼續保持（V）＋其狀態（C）

➡ S＋V＋C（C=in its state） （第二句型）

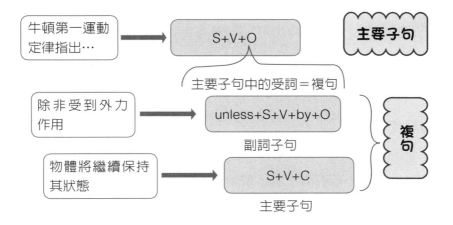

3. **翻譯簡單句**

第1句：Newton's First Law of Motion states that

第2句：unless it is acted on by a force

第3句：a body continues in its state

4. **組合簡單句**

Newton's First Law of Motion states that: unless it is acted on by a force, a body continues in its state.

5. **加入修飾語**

〔靜止，或等速直線運動〕狀態

➡ 〔英式中文〕靜止的，或匀速運動的在一直線上

   ⇨ 靜止的 = of rest

   ⇨ 等速運動的 = of uniform motion

   ⇨ 在一直線上 = in a straight line

➡ of rest, or of uniform motion in a straight line

全部合併➡

Newton's First Law of Motion states that unless it is acted on by a force, a body continues in its state of rest, or of uniform motion in a straight line.

➡ 〔英式英文〕Newton's First Law of Motion states that a body continues in its state of rest, or of uniform motion in a straight line unless it is acted on by a force.

（把unless副詞子句往後移，語意讀起來更通順）

例句 17

一項使用殺蟲劑的研究發現，若噴灑不當，環境會受害。

1. 排除修飾語

一項〔使用殺蟲劑的〕研究發現，若噴灑不當，環境會受害。

➡ 一項研究發現，若噴灑不當，環境會受害。

2. 分成簡單句

第1句：一項研究發現…（主要子句）

➡ 一項研究（S）＋發現（V）＋…（O）

➡ S＋V＋O （第三句型）

第2句：若噴灑不當 （當作主要子句的受詞之名詞子句中的條件副詞子句）

➡ 〔英式中文〕若它們被不當地噴灑 （加入主詞「它們」，並改用被動式）

➡ 若（If）＋它們（S）＋被不當地噴灑（V）

➡ If＋S＋V （第一句型，V為被動式）

第3句：環境會受害 （當作主要子句的受詞之名詞子句中的主要子句）

➡ 〔英式中文〕環境會被傷害 （改用被動式）

➡ 環境（S）＋會被傷害（V）

➡ S＋V（第一句型，V為被動式）

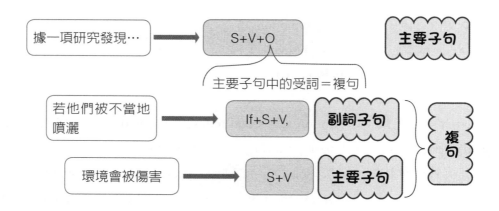

3. 翻譯簡單句

第1句：A study found that

第2句：if they are improperly sprayed

第3句：the environment will be harmed.

4. 組合簡單句

A study found that if they are improperly sprayed, the environment will be harmed.

5. 加入修飾語

〔使用殺蟲劑的〕➡ of the use of pesticides （介詞片語）

全部合併➡

A study <u>of the use of pesticides</u> found that if they are improperly sprayed, the environment will be harmed.

例句 18

雖然這數據沒有解釋學生的態度，它告訴我們，好學生與老師之間的關係，比中下學生與老師間的關係來得好。

1. 排除修飾語

雖然這數據沒有解釋學生的態度，它告訴我們，〔好學生與老師之間的〕關係比〔中下學生與老師間的〕關係來得好。

➡ 雖然這數據沒有解釋學生的態度，它告訴我們，關係比關係來得好。

2. 分成簡單句

第1句：雖然這數據沒有解釋學生的態度 （讓步副詞子句）

➡ （雖然）＋這數據（S）＋沒有解釋（V）＋ 學生的態度（O）

➡ Although＋S＋V＋O （第三句型）

第2句：它告訴我們⋯（主要子句）

➡ 它（S）＋告訴（V）＋我們（IO）＋⋯（DO）

➡ S＋V＋IO＋DO （第四句型）

第3句：關係比關係來得好 （名詞子句，當作主要子句的直接受詞）

➡ 〔英式中文〕關係是較好的比起關係

➡ 關係（S）＋是（V）＋較好的（C）＋比起（than）＋關係（S）

➡ S＋V＋C＋than＋S （第二句型後面的than S原本應該是than S＋V＋C的比較副詞子句，但V＋C因為重複而被省略）

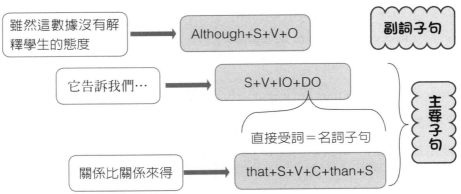

3. 翻譯簡單句

第1句：although the data does not explain students' attitudes

第2句：it tells us that（中式英文）➡ it suggests that（英式英文）

第3句：that the relationships are better than those

4. 組合簡單句

Although the data does not explain students' attitudes, it suggests that the relationships are better than those.

5. 加入修飾語

〔好學生與老師之間的〕

➡ between good students and their teachers

（介詞片語作為名詞的後位形容詞）

〔中下學生與老師間的〕

➡ between average or below-average students and their teachers

（介詞片語作為名詞的後位形容詞）

全部合併➡

Although the data does not explain students' attitudes, it suggests that the relationships between good students and their teachers are better than those between average or below-average students and their teachers.

例句⑲

雖然我們可以肯定,所有識字的公民應該上課,以改進他們的閱讀和推理能力,但我們必須先證明,這個行動能增加整體福祉。

1. **排除修飾語**

雖然我們可以肯定,〔所有識字的〕公民應該上課〔,以改進他們的閱讀和推理能力〕,(但)我們必須先證明,這個行動能增加整體福祉。

➡ 雖然我們可以肯定,公民應該上課,我們必須先證明,這個行動能增加整體福祉。(原句已經有「雖然」開頭,後面的「但」字要刪除。中文是「雖然…但是」並用,「因為…所以」並用,但英文都是只取其一。)

2. **分成簡單句**

第1句:雖然我們可以肯定…(讓步副詞子句)

➡〔英式中文〕雖然它是確定真的…(它=it形式主詞,真主詞在第2句)

➡ 雖然(Although)+它(S)+是(V)+確定真的(C)…

➡ Although+S+V+C (第二句型)

第2句:公民應該上課 (當作第1句Although副詞子句的真主詞之名詞子句)

➡〔英式中文〕公民應該被教 (改為被動式)

➡ 公民(S)+應該被教(V)

➡ S+V (第一句型,V=被動式)

第3句:我們必須先證明…(主要子句)

➡〔英式中文〕它必須先被證明…(它=it形式主詞,真主詞在第4句,並改被動式)

➡ 它(S)+必須先被證明(V)

➡ S+V (第一句型,V=被動式)

第4句:這個行動能增加整體福祉 (當作主要子句的真主詞之名詞子句)

➡ 這個行動(S)+能增加(V)+整體福祉(O)

➡ S+V+O (第三句型)

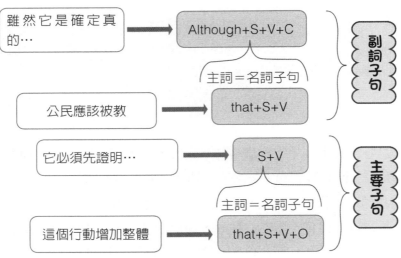

3. 翻譯簡單句

第1句：Although it is certainly true

第2句：that citizens should be taught

第3句：it must first be demonstrated

第4句：that such an undertaking would increase the general welfare

4. 組合簡單句

Although it is certainly true that citizens should be taught, it must first be demonstrated that such an undertaking would increase the general welfare.

5. 加入修飾語

〔以改進他們的閱讀和推理能力〕

➡ 表達目的之不定詞片語

➡ 以改進（to V）＋他們的閱讀和推理的能力 （O）

➡ to V ＋ O ＋ to V and V （不定詞片語to V and V，後位修飾受詞ability）

➡ to improve their ability to read and reason

全部合併➡

Although it is certainly true that all literate citizens should be taught to improve their ability to read and reason, it must first be demonstrated that such an undertaking would increase the general welfare.

很明顯地，人們不像以前那樣冷漠，相反地，對政治興趣增加。

1. **排除修飾語**

　〔很明顯地，〕人們不像以前那樣冷漠，〔相反地，〕對政治興趣增加。

　➡ 人們不像以前那樣冷漠，對政治興趣增加。

2. **分成簡單句**

　第1句：人們不像以前那樣冷漠

　➡〔英式中文〕人們不再是冷漠的如同他們過去是冷漠的

　➡ 人們（S）＋不再是（V）＋冷漠的（C）＋如同（as）＋他們（S）＋過去是（V）＋冷漠的（C）

　➡ S＋V＋C＋as＋S＋V＋C（第二句型）

　➡ S＋V＋C＋as＋S＋V（第二個補語相同，應省略）

　第2句：對政治興趣增加

　➡〔英式中文〕他們有較大的興趣<u>在政治</u>（增加主詞「他們」）

　➡ 他們（S）＋有（V）＋較大的興趣（O）＋<u>在政治</u>（介詞片語）

　➡ S＋V＋O＋<u>介詞片語</u>（第三句型）

3. **翻譯簡單句**

　第1句：people are no longer as indifferent as they were （第2個indifferent省略）

　第2句：they are taking a greater interest in politics

4. **組合簡單句**

People are no longer as indifferent as they were. They are taking a greater interest in politics.

5. **加入修飾語**

　〔很明顯地，〕➡ <u>Obviously,</u>（插入第1句句首的副詞）

　〔相反地，〕➡ <u>On the contrary,</u>（連接第1句與第2句的承轉副詞）

　全部合併➡

<u>Obviously,</u> people are no longer as indifferent as they were. <u>On the contrary,</u> they are taking a greater interest in politics.

第二種翻譯法

➡ 把承轉副詞On the contrary改用連接詞but，並省略主詞they。

It is obvious that people are no longer as indifferent as they were, but are taking a greater interest in politics.

Part 3 實戰篇

分析臺灣學力測驗及指定考試的翻譯考題，逐題依題目的特性與複雜度分別選用直接式、刪補式、分合式、五段式翻譯法解析。

Lesson
13
中譯英實戰：學測篇

章前重點

中翻英的實戰測驗，可以分為基本及進階兩種難度，以臺灣的升大學學力測驗及指定考試的難度設定來看的話，恰好能作為區分。因此我們就先以學力測驗的題目來做分析。

統計95年-108年學測英文翻譯題目，適用的翻譯法如表13-1，可見基本上不需要五段式翻譯法，只要用它的簡化版

● 刪補式：適用於修飾語較複雜的句子。

● 分合式：適用於子句結構較複雜的句子。

就足以應付了。其中「刪補式」占了約2/3，是最常見的適用的翻譯法。

在五大句型方面，出現頻率統計如表13-2，可見第三句型最為常見，第二句型次之，第四句型最為少見。

修飾語中以介詞片語最為常見。它經常用來作為後位修飾名詞的形容詞修飾語，或者放在句首或句尾，用來作為副詞修飾語，以表達時間、空間、讓步、原因、結果、目的、條件、狀態、比較、手段、材料、資訊、關係、根源、妨礙等意義。

表 13-1　95 年－ 108 年學測英文翻譯題目適
用的翻譯法統計

適用的翻譯法	題數	百分比
直接式	5	18%
刪補式	18	64%
分合式	4	14%
五段式	1	4%

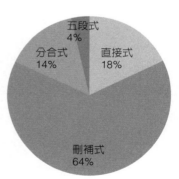

表 13-2　95 年－ 108 年學測英文翻譯題目五
大句型統計

句型	公式	句數	百分比
第一句型	V	5	14%
第二句型	V＋C	10	29%
第三句型	V＋O	15	43%
第四句型	V＋IO＋DO	1	3%
第五句型	V＋O＋C	4	11%

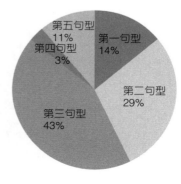

一般人都知道閱讀對孩子有益。

1. **分成簡單句**

    第1句：一般人都知道…

    ➡ 〔英式中文〕大部分的人知道… （「一般人」改「大部分的人」）

    ➡ 大部分的人（S）＋知道（V）＋…（O）（受詞為名詞子句「閱讀對孩子有益」）

    ➡ S＋V＋O （第三句型）

    第2句：閱讀對孩子有益 （名詞子句）

    ➡ 〔英式中文〕閱讀是有益的對孩子 （將介詞片語移到子句末端）

    ➡ 閱讀（S）＋是（V）＋有益的（C）＋對孩子（介詞片語）

    ➡ S＋V＋C＋介詞片語 （第二句型）

2. **翻譯簡單句**

    第1句：Most people know that

    第2句：reading is helpful for children

3. **組合簡單句**

    Most people know that reading is helpful for children.

老師應該多鼓勵學生到圖書館借書。

➡ 〔英式中文〕老師應該鼓勵學生去借書從圖書館。（將介詞片語移到末端）

➡ 老師（S）＋應該鼓勵（V）＋學生（O）＋去借書（C）＋從圖書館（介詞片語）。

➡ S＋V＋O＋C＋介詞片語 （第五句型）

Teachers should encourage students to borrow books from the library.

Lesson
13

中譯英實戰：學測篇

題目 3

如果我們只為自己而活，就不會真正地感到快樂。

1. **分成簡單句**

   第1句：如果我們只為自己而活 （If副詞子句）

   ➡〔英式中文〕如果我們生活只為自己（將介詞片語移到子句末端）

   ➡ 如果（If）＋我們（S）＋生活（V）＋只為自己（介詞片語）

   ➡ If＋S＋V＋介詞片語 （第一句型）

   第2句：就不會真正地感到快樂 （主要子句）

   ➡〔英式中文〕我們不會真正地感到快樂 （加入主詞「我們」）

   ➡ 我們（S）＋不會真正地感到（V）＋快樂（C）

   ➡ S＋V＋C （第二句型）

2. **翻譯簡單句**

   第1句：If we live only for ourselves

   第2句：we will not really feel happy

3. **組合簡單句**

   If we live only for ourselves, we will not really feel happy.

題目 3

當我們開始為他人著想，快樂之門自然會開啟。

1. **分成簡單句**

   第1句：當我們開始為他人著想 （When副詞子句）

   ➡〔英式中文〕當我們開始考慮他人

   ➡ 當（When）＋我們（S）＋開始（V）＋考慮他人（O）

   ➡ When＋S＋V＋O （第三句型，O=考慮他人=動名詞 thinking about others）

   第2句：快樂之門自然會開啟 （主要子句）

   ➡ 快樂之門（S）＋會自然地開啟（V） （V=未來式）

   ➡ S＋V （第一句型）

2. 翻譯簡單句

    第1句：When we start thinking about others

    第2句：the door to happiness will naturally open

3. 組合簡單句

    When we start thinking about others, the door to happiness will naturally open.

題目 5

聽音樂是一個你可以終生享受的嗜好。

---

1. 排除修飾語

    ➡ 聽音樂是一個〔你可以終生享受的〕嗜好。

    ➡ 聽音樂是一個嗜好。

2. 翻譯簡單句

    聽音樂是一個嗜好。

    ➡ 聽音樂（S）＋是（V）＋一個嗜好（C）。

    （S=聽音樂=動名詞= Listening to music）

    ➡ S＋V＋C （第二句型）

    ➡ Listening to music is a hobby.

3. 加入修飾語

    〔你可以終生享受的〕嗜好

    ➡〔英式中文〕你可以享受終生的 （將「終生」（for life）之介詞片語移到末端）

    ➡ 它是修飾先行詞「嗜好」的形容詞子句。

    ➡ 你（S）＋可以享受（V）＋嗜好（O）＋終生（介詞片語）

    ➡ 你（S）＋可以享受（V）＋ that（O）＋終生（介詞片語）

    （「嗜好」是受格，用that代替）

    ➡ that（O）＋你（S）＋可以享受（V）＋終生（介詞片語）

    （that是受格關係代名詞，必須移到形容詞子句的句首）

    ➡ that you can enjoy for life

    全部合併➡

    Listening to music is a hobby that you can enjoy for life.

題目6

但能彈奏樂器可以為你帶來更多的喜悅。

➡ 但是能彈奏樂器可以帶給你更多的喜悅。

➡（但是）＋能彈奏樂器（S）＋可以帶給（V）＋你（IO）＋更多的喜悅（DO）。（第四句型）

➡ But＋S＋V＋IO＋DO

（S=能彈奏樂器=動名詞= being able to play an instrument）

➡ But being able to play an instrument can bring you more joy.

題目7

大部分學生不習慣自己解決問題，他們總是期待老師提供標準答案。

1.　**分成簡單句**

第1句：大部分學生不習慣自己解決問題，

➡〔英式中文〕大部分學生不習慣解決問題靠自己，（將介詞片語移到末端）

➡ 大部分學生（S）＋ 不習慣（V）＋解決問題（O）＋靠自己（介詞片語）

➡ S＋V＋O＋介詞片語

（第三句型，V= 習慣=be used to，O=解決問題=動名詞片語= solving problems）

第2句：他們總是期待老師提供標準答案

➡ 他們（S）＋總是期待（V）＋老師（O）＋提供標準答案（C）（第五句型）

➡ S＋V＋O＋C

（C=提供標準答案=受詞補語=不定詞= to provide standard answers）

2.　**翻譯簡單句**

第1句：Most students are not used to solving problems themselves

第2句：they always expect teachers to provide standard answers

3. 組合簡單句

Most students are not used to solving problems themselves; they always expect teachers to provide standard answers.

（注意：當兩個子句之間關係密切，要組成一個句子時，兩個子句之間一定要有連接詞，不可只用逗點分開。如無適當的連接詞時，可使用分號「;」。）

題目 8

除了用功讀書獲取知識外，學生也應該培養獨立思考的能力。

1. 排除修飾語
   ➡ 〔除了用功讀書獲取知識外，〕學生也應該培養〔獨立思考的〕能力。
   ➡ 學生也應該培養能力。

2. 翻譯簡單句
   學生也應該培養能力。
   ➡ 〔英式中文〕學生也應該發展能力。
   （動詞「培養」較難翻譯，改成「發展」就很容易聯想到develop）
   ➡ 學生（S）＋也應該發展（V）＋能力（O）。
   ➡ S＋V＋O（第三句型）
   ➡ students should also develop the ability

3. 加入修飾語
   〔除了用功讀書獲取知識外，〕（介詞片語）
   ➡ 除了（介詞）＋用功讀書獲取知識外（O）
   （O=動名詞片語=Ving＋to V＋O，其中to V＋O=修飾動詞study表達目的之不定詞片語= to gain knowledge）
   ➡ In addition to studying hard to gain knowledge

   〔獨立思考的〕
   ➡ 後位修飾「能力」（ability）的不定詞
   ➡ （ability）to think independently

   全部合併➡
   In addition to studying hard to gain knowledge, students should also develop the ability to think independently.

題目⑨

在過去,腳踏車主要是作為一種交通工具。

➡ 〔英式中文〕在過去,腳踏車主要被用來作為一種交通工具。(改為被動式)

➡ 在過去(介詞片語),腳踏車(S)＋主要被用來(V)＋作為一種交通工具(C)。

➡ S＋V＋C （第二句型,V= be used, C=as a means of transportation）

In the past, bicycles were mainly used as a means of transportation.

題目⑩

然而,騎腳踏車現在已經成為一種熱門的休閒活動。

➡ 然而(承轉副詞),騎腳踏車(S)＋現在已經成為(V)＋一種熱門的休閒活動(C)。

➡ S＋V＋C （第二句型,S=bicycle-riding,V= has become,現在完成式）

➡ However, bicycle-riding has now become a popular leisure activity.

題目⑪

臺灣的夜市早已被認為足以代表我們的在地文化。

1. 排除修飾語

➡ 〔英式中文〕臺灣的夜市早已被認為充分去代表我們的在地文化。

（將修飾形容詞「充分」的副詞性修飾語「代表我們的在地文化」前面加入「去」字,會較易聯想到用不定詞片語(to V＋O)來翻譯。）

➡ 〔臺灣的〕夜市早已被認為充分去代表〔我們的在地〕文化。

➡ 夜市早已被認為充分去代表文化。

2. 翻譯簡單句

夜市早已被認為充分去代表文化

➡ 夜市（S）＋早已被認為（V）＋充分（C）＋去代表文化（不定詞片語）

➡ S＋V＋C＋不定詞 （第二句型，V為被動式，而且是現在完成式）

➡ The night markets have long been considered sufficient to represent culture.

（不定詞片語to represent culture後位修飾形容詞sufficient）

3. 加入修飾語

The night markets <u>in Taiwan</u> have long been considered sufficient to represent <u>our</u> <u>local</u> culture.

題目 12

每年它們都吸引了成千上萬來自不同國家的觀光客。

1. 排除修飾語

➡ 〔每年〕它們都吸引了〔成千上萬來自不同國家的〕觀光客。

➡ 它們都吸引了觀光客。

2. 翻譯簡單句

它們都吸引了觀光客。

➡ 它們（S）＋都吸引了（V）＋觀光客（O）。

➡ S＋V＋O （第三句型）

➡ they attract tourists.

3. 加入修飾語

〔成千上萬〕➡ thousands of

〔來自不同國家的〕➡ 介詞片語　from different countries

全部合併➡

<u>Each year</u> they attract <u>thousands</u> of tourists <u>from different countries.</u>

題目 13

近年來，許多臺灣製作的影片已經受到國際的重視。

1. **排除修飾語**

   ➡ 〔近年來，〕許多〔臺灣製作的〕影片已經受到國際的重視。

   ➡ 許多影片已經受到國際的重視。

2. **翻譯簡單句**

   許多影片已經受到國際的重視。

   ➡ 許多影片已經收到國際的重視。（把「受到」改爲「收到」，變成主動式）

   ➡ 許多影片（S）＋已經收到（V）＋國際的重視（O）。

   ➡ S＋V＋O （第三句型，V= have received，現在完成式）

   ➡ Many films have received international attention.

3. **加入修飾語**

   〔近年來，〕➡ In recent years, （介詞片語）

   〔臺灣製作的〕（影片）➡ （films） produced in Taiwan （過去分詞片語，後位修飾）

   全部合併➡

   In recent years, many films produced in Taiwan have received international attention.

題目14

拍攝這些電影的地點也成爲熱門的觀光景點。

---

1. **排除修飾語**

   ➡ 〔拍攝這些電影的〕地點也成爲熱門的觀光景點。

   ➡ 地點也成爲熱門的觀光景點。

2. **翻譯簡單句**

   地點也成爲熱門的觀光景點。

   ➡ 地點（S）＋也成爲（V）＋熱門的觀光景點（C）。

   ➡ S＋V＋C （第二句型，V=have become，現在完成式）

   ➡ The locations have also become popular tourist attractions.

3. **加入修飾語**

   〔拍攝這些電影的〕（地點）

   ➡ 這些電影被拍攝的（地點）（改爲被動式，使這個修飾語變成形容詞子句）

   ➡ （locations） where＋這些電影（S）＋被拍攝（V）

→ （locations） where these movies were filmed

全部合併➡

The locations <u>where these movies were filmed</u> have also become popular tourist attractions.

題目⑮

都會地區的高房價對社會產生了嚴重的影響。

1. **排除修飾語**
   → 〔英式中文〕都會地區的高房價已經產生了嚴重的社會的影響。
     把修飾動詞「產生」的副詞「對社會」改成修飾名詞「影響」的形容詞「對社會的」，並加入「已經」以表達完成式的意思）
   → 〔都會地區的〕高房價已經產生了嚴重的〔對社會的〕影響。
   → 高房價已經產生了嚴重的影響。

2. **翻譯簡單句**
   高房價已經產生了嚴重的影響。
   → 高房價（S）＋ 已經產生了（V）＋嚴重的影響（O）。
   → S＋V＋O （第三句型，V=現在完成式= have resulted in）
   → High housing prices have resulted in serious impacts.

3. **加入修飾語**
   〔都會地區的〕➡ in urban areas （介詞片語作為後位修飾的形容詞）
   〔對社會的〕➡ on society （介詞片語作為後位修飾的形容詞）
   全部合併➡

   High housing prices <u>in urban areas</u> have resulted in serious impacts <u>on society.</u>
   （註：「都會地區」譯為 metropolitan areas 會更好，但用urban areas也可以）

Lesson
13

題目⑯

政府正推出新的政策，以滿足人們的住房需求。

中譯英實戰：學測篇

1. **排除修飾語**

   ➡ 政府正推出新的政策〔，以滿足人們的住房需求。〕

   ➡ 政府正推出新的政策。

2. **翻譯簡單句**

   政府正推出新的政策。

   ➡ 政府（S）＋正推出（V）＋新的政策（O）。

   ➡ S＋V＋O　（第三句型，V=現在進行式= is introducing）

   ➡ The government is introducing new policies.

   （推出新的政策改用is releasing new policies會更好）

3. **加入修飾語**

   〔，以滿足人們的住房需求。〕

   ➡ 以滿足（to V）＋人們的住房需求（O）。（不定詞片語作為表達目的的副詞）

   ➡ to meet people's housing needs

   全部合併➡

   The government is introducing new policies to meet people's housing needs.

題目17

有些年輕人辭掉都市裡的高薪工作，返回家鄉種植有機蔬菜。

1. **排除修飾語**

   ➡ 〔英式中文〕有些年輕人辭掉他們的都市裡的高薪工作，並且返回到家鄉去種植有機蔬菜。（加入「他們的」、「並且」、「到」家鄉、「去」種植⋯等字）

   ➡ 有些年輕人辭掉〔他們的都市裡的高薪〕工作，並且返回〔到家鄉去種植有機蔬菜〕。

   ➡ 有些年輕人辭掉工作，並且返回。

2. **翻譯簡單句**

   ➡ 有些年輕人（S）＋辭掉（V）＋工作（O），並且（and）＋返回（V）。

   ➡ S＋V＋O, and＋V.　（前面是第三句型S＋V＋O，後面是第一句型S＋V，但共用S）

   ➡ Some young people quit jobs, and returned.

3. 加入修飾語
   - 〔他們的都市裡的高薪〕工作 ➡ their high-paying jobs in the city
   - 到家鄉 ➡ 到他們的家鄉 ➡ to their hometowns （介詞片語，當作空間副詞）
   - 去種植有機蔬菜 ➡ to grow organic vegetables （表達目的之不定詞片語）

   全部合併 ➡

   Some young people quit their high-paying jobs in the city, and returned to their hometowns to grow organic vegetables.

題目 18

藉由決心與努力，很多人成功了，不但獲利更多，還過著更健康的生活。

1. 排除修飾語
   ➡ 〔英式中文〕藉由決心與努力，很多人成功了，不但產生更多獲利，而且過著更健康的生活。
   ➡ 〔藉由決心與努力，〕很多人成功了〔，不但產生更多獲利，而且過著更健康的生活〕。
   ➡ 很多人成功了。

2. 翻譯簡單句
   ➡ 很多人（S）＋成功了（V）。
   ➡ S＋V.（第一句型，V=過去式，以表達過去的事實）
   ➡ Many people succeeded.

3. 加入修飾語
   〔藉由決心與努力，〕
   ➡ With determination and hard work （介詞片語，當作表達方法的副詞）
   〔，不但產生更多獲利，而且過著更健康的生活〕
   ➡ 這是省略連接詞、主詞（很多人）的副詞子句，可用分詞構句來翻譯。
   ➡ 〔，（不但）＋產生（Ving）＋更多獲利（O），（而且）＋過著（Ving）＋更健康的生活（O）
   ➡ not only making more profit, but also living a healthier life.

   全部合併 ➡

   With determination and hard work, many people succeeded, not only making more profit, but also living a healthier life.

第二種翻譯法

　　另一個翻譯方法是後面的句子不使用分詞構句來翻譯，而是補上主詞「他們」，而把全句拆成兩個獨立的句子。但由於前後兩句關係實在太密切，應該用連接詞組成一個句子，在沒有適當的連接詞時，使用分號「;」相連。

➡ 藉由決心與努力，很多人成功了。他們（S）＋（不但）產生（V）＋更多獲利（O），（而且）過著（V）＋更健康的生活（O）。

➡ With determination and hard work, many people succeeded; they not only made more profit but also lived healthier lives.

題目 ⑲

一個成功的企業不應該把獲利當作最主要的目標。

➡〔英式中文〕一個成功的企業不應該認定獲利為最主要的目標。
　（「認定…為」可翻譯為regard…as）

➡ 一個成功的企業（S）＋不應該認定（V）＋獲利（O）＋為最主要的目標（C）。（獲利= making profit；最主要的目標= primary goal）

➡ S＋V＋O＋C.（第五句型）

➡ A successful business should not regard making profit as its primary goal.

題目 ⑳

它應該負起社會責任，以增進大眾的福祉。

1.　**排除修飾語**
➡〔英式中文〕它應該負起它的社會責任，以增進大眾的福祉。（加入「它的」）
➡ 它應該負起它的社會責任〔，以增進大眾的福祉〕。
➡ 它應該負起它的社會責任。

2.　**翻譯簡單句**
　　它應該負起它的社會責任。

➡️ 它（S）＋應該負起（V）＋它的社會責任（O）。

➡️ S＋V＋O.（第三句型）

➡️ It should bear its social responsibility.

3. 加入修飾語

〔，以增進大眾的福祉〕

➡️ 以增進（to V）＋大眾的福祉（O）（表達目的之不定詞片語，第三句型）

➡️ to improve the public welfare

全部合併

It should bear its social responsibility to improve the public welfare.

題目 21

相較於他們父母的世代，現今年輕人享受較多的自由和繁榮。

1. 排除修飾語

➡️ 〔相較於他們父母的世代，〕現今年輕人享受較多的自由和繁榮。

➡️ 現今年輕人享受較多的自由和繁榮。

2. 翻譯簡單句

➡️ 現今年輕人（S）＋享受（V）＋較多的自由和繁榮（O）。

➡️ S＋V＋O.（第三句型）

➡️ Young people today enjoy more freedom and prosperity.

3. 加入修飾語

➡️ 〔相較於他們父母的世代，〕

➡️ 這個句子是省略連接詞、主詞（年輕人）的副詞子句，可用分詞構句來翻譯。因為是被動式，動詞要改為過去分詞。

➡️ 相較（V）＋於他們父母的世代 （介詞片語），

➡️ Being compared with their parents' generation,

➡️ Compared with their parents' generation, （被動式分詞構句中，Being可省略）

全部合併➡️

Compared with their parents' generation, young people today enjoy more freedom and prosperity.

註：上面的today改用nowadays會更好。

第二種翻譯法

另一個翻譯方法是不使用分詞構句來翻譯，而把全句改寫成比較句型：

➡ 現今年輕人享受較多的自由和繁榮比起他們父母的世代。

➡ 現今年輕人（S）＋享受（V）＋較多的自由和繁榮（O）＋比起（than）＋他們父母的世代（S）。

➡ Young people today enjoy more freedom and prosperity than their parents' generations.

題目22

但是在這個快速改變的世界中，他們必須學習如何有效地因應新的挑戰。

1. 排除修飾語

   ➡ 〔但是在這個快速改變的世界中，〕他們必須學習如何有效地因應新的挑戰。

   ➡ 他們必須學習如何有效地因應新的挑戰。

2. 翻譯簡單句

   ➡ 他們（S）＋必須學習（V）＋如何有效地因應新的挑戰（O）。

   ➡ S＋V＋O.（第三句型）

   O＝如何有效地因應新的挑戰

   ⇨ 不定詞片語當作名詞用＝名詞片語＝how to V…

   ⇨ 如何（how to）＋ 有效地回應（V）＋新的挑戰（O）

   ⇨ how to effectively respond new challenges

   ➡ they must learn how to effectively respond new challenges.

3. 加入修飾語

   〔但是在這個快速改變的世界中，〕

   ➡ 但是（but）＋在這個快速改變的世界中（介詞片語）

   But in this fast-changing world

   （「快速改變的」可以用現在分詞fast-changing作為前位形容詞性修飾語）

   全部合併➡

   But in this fast-changing world, they must learn how to effectively respond to new challenges.

題目 23

玉山（Jade Mountain）在冬天常常覆蓋著厚厚的積雪，使整個山頂閃耀如玉。

1. **排除修飾語**

   ➡ 玉山〔在冬天常常〕覆蓋著〔厚厚的〕積雪〔，使整個山頂閃耀如玉〕。

   ➡〔英式中文〕玉山被覆蓋以積雪。（有被動之意，應加入「被」字與「以」字）

2. **翻譯簡單句**

   ➡ 玉山（S）＋被覆蓋（V）＋以積雪（介詞片語）。

   ➡ S＋V＋介詞片語.

   （第一句型，V=被動式= is covered，介詞片語=以積雪= with snow）

   ➡ Jade Mountain is covered with snow.

3. **加入修飾語**

   〔，使整個山頂閃耀如玉〕

   ➡ 這個句子是省略連接詞、主詞（積雪）的副詞子句，可用分詞構句來翻譯。因為是主動式，動詞要改為現在分詞。

   ➡ 使（Ving）＋整個山頂（O）＋閃耀（C）＋如玉（介詞片語like jade）

   ➡ V＋O＋C　（是第五句型，C是受詞補語，因make是使役動詞，故補語「閃耀」採用原形動詞shine）

   ➡ making the entire mountain shine like jade.

   全部合併➡

Jade Mountain is <u>often</u> covered with thick snow <u>in the winter,</u> making the entire mountain shine like jade.

題目 24

征服玉山一直是國內外登山者最困難的挑戰之一。

1. **排除修飾語**

   ➡ 征服玉山一直是〔國內外登山者最困難的〕挑戰〔之一〕。

   ➡ 征服玉山一直是挑戰。

2.　翻譯簡單句

　　➡ 征服玉山（S）＋一直是（V）＋挑戰（C）。

　　➡ S＋V＋C.（第二句型，S=征服玉山=動名詞，V=現在完成式= has been）

　　➡ Conquering Jade Mountain has always been a challenge.

3.　加入修飾語

　　〔國內外登山者最困難的〕挑戰〔之一〕

　　➡〔最困難的挑戰之一〕〔對於國內外登山者〕

　　　（在「國內外登山者」前加一個介詞「對於」，並細分成二個單元）

　　　　⇨〔最困難的挑戰之一〕➡ one of the most difficult challenges

　　　　⇨〔對於國內外登山者〕➡ 介詞片語➡ for domestic and foreign mountaineers

　　➡ one of the most difficult challenges for domestic and foreign mountaineers.

　　（for domestic and foreign mountaineers是修飾challenges的形容詞性修飾語）

　　全部合併➡

　　Conquering Jade Mountain has always been <u>one of the most difficult challenges for domestic and foreign mountaineers.</u>

題目 25

近年來，有越來越多超級颱風，通常造成嚴重災害。

1.　排除修飾語

　　➡〔近年來，〕有〔越來越多〕超級颱風〔，通常造成嚴重災害。〕

　　　有超級颱風。

2.　翻譯簡單句

　　➡ 有超級颱風。

　　➡ 句首出現「有」字，通常可用There be S 句型，S=超級颱風

　　➡ There have been super typhoons.（be動詞用現在完成式have been）

3.　加入修飾語

　　〔，通常造成嚴重災害。〕

　　➡ 這個句子省略連接詞、主詞（超級颱風），因此要使用分詞構句來翻譯。因為是主動式，動詞要改為現在分詞。

　　➡ 通常造成（Ving）＋嚴重災害（O）。（第三句型）

➡ usually causing serious disasters.

全部合併➡

In recent years, there have been more and more super typhoons, usually causing serious disasters.

題目 26

颱風來襲時,我們應準備足夠的食物,並待在室內,若有必要,應迅速移動至安全的地方。

1. **排除修飾語**

    颱風來襲時,我們應準備足夠的食物,並待在室內〔,若有必要,應迅速移動至安全的地方〕。

    ➡ 颱風來襲時,我們應準備足夠的食物,並待在室內。

2. **分成簡單句**

    第1句:颱風來襲時,

    ➡ 〔英式中文〕 當颱風來襲時, (加入「當」字,較易聯想到用When開頭)

    ➡ 當(When)+颱風(S)+來襲(V),

    ➡ When+S+V, (第一句型)

    第2句:我們應準備足夠的食物,並待在室內

    ➡ 我們(S)+應準備(V)+足夠的食物(O)+(並且)+待在室內(V)

    ➡ S+V+O+ and + V (S+V+O第三句型與S+V第一句型,共用S)

3. **翻譯簡單句**

    第1句:When a typhoon strikes, (來襲用strikes很好,否則用comes亦可)
    第2句:we should prepare enough food and stay indoors (「待在室內」用stay indoors很好,否則用stay home亦可)

4. **組合簡單句**

    When a typhoon strikes, we should prepare enough food and stay indoors.

5. **加入修飾語**

    〔,若有必要,應迅速移動至安全的地方〕

    ● 修飾語A:若有必要➡ if necessary
    ● 修飾語B:應迅速移動至安全的地方

➡ 應迅速移動（V）＋至安全的地方（介詞片語）　（第一句型）

➡ 因為前面已有should，不需再翻譯出「應」這個助動詞，但V要用原形動詞。

➡ move quickly to a safe place

When a typhoon strikes, we should prepare enough food and stay indoors, <u>and if necessary, move quickly to a safe place.</u>

（and if necessary中的and是有必要的，因為英文文法要求子句之間必有連接詞）

題目 27

自2007年營運以來，高鐵已成為臺灣最便利、最快速的交通工具之一。

1. 排除修飾語
   ➡ 〔自2007年營運以來，〕高鐵已成為〔臺灣最便利、最快速的〕交通工具之一。
   ➡ 高鐵已成為交通工具之一。

2. 翻譯簡單句
   ➡ 高鐵（S）＋已成為（V）＋交通工具之一（C）。
   ➡ S＋V＋C.（第二句型，V＝現在完成式）
   ➡ The High-Speed Rail has become one of vehicles.

3. 加入修飾語
   修飾語A：〔自2007年營運以來，〕
   ➡ 〔英式中文〕自從開始營運在2007年
   　（把「自」改成「自從」較易聯想到介詞since。加入及物動詞「開始」，「營運」定位為受詞（名詞），並將時間介詞片語「在2007年」移到最後，會較易翻譯）
   ➡ 自從（介詞）＋開始營運在2007年（受詞）
   　（以介詞片語來翻譯，介詞為since，受詞是動名詞片語「開始營運在2007年」）

⇨ 開始營運在2007年

⇨ 開始（Ving）＋營運（O）＋在2007年（介詞片語）　（第三句型）

　（介詞片語「在2007年」修飾動詞「開始」）

➡ Since starting operation in 2007

修飾語B：〔臺灣最便利、最快速的〕交通工具

➡ 〔英式中文〕 最便利、最快速的交通工具在臺灣

➡ the most convenient and fastest vehicles in Taiwan

全部合併➡

Since starting operation in 2007, the High-Speed Rail has become one of the most convenient and fastest vehicles in Taiwan.

題目 28

對於強調職場效率的人而言，高鐵當然是商務旅遊的首選。

1. 排除修飾語

　➡ 〔英式中文〕 對於強調職場效率的人而言，高鐵當然是首選對於商務旅遊。

　　（將介詞片語移到最後）

　➡ 〔對於強調職場效率的人而言，〕高鐵當然是首選〔對於商務旅遊〕。

　➡ 高鐵當然是首選。

2. 翻譯簡單句

　➡ 高鐵（S）＋當然是（V）＋首選（C）。

　➡ S＋V＋C.（第二句型）

　➡ The High-Speed Rail is surely the first choice.

3. 加入修飾語

　修飾語A：〔對於強調職場效率的人而言，〕

　➡ 以介詞片語來翻譯，介詞為For，受詞是「強調職場效率的人」。

　➡ 其中「強調職場效率的」是先行詞「人」（those）的形容詞子句

　　=who（S）＋強調（V）＋職場效率（O）　（形容詞子句，第三句型）

　➡ For those who emphasize workplace efficiency,

修飾語B：〔對於商務旅遊〕

➡ 以介詞片語來翻譯，介詞為for

➡ for business travel

全部合併➡

For those who emphasize workplace efficiency, the High-Speed Rail is surely the first choice for business travel.

TAKE A BREAK

_____

_____

_____

_____

_____

_____

_____

_____

_____

_____

_____

_____

_____

Lesson 14 中譯英實戰：指考篇

章 前 重 點

接下來，我們來看看難度較高的大學指定考試題目吧！統計95年-107年指考英文翻譯題目，適用的翻譯法如表14-1，可見基本上仍然不需要五段式翻譯法，只要用它的簡化版！

● 刪補式：適用於修飾語較複雜的句子。

● 分合式：適用於子句結構較複雜的句子。

就足以應付了。其中「刪補式」占了約3/4，是最常見的適用的翻譯法。

在五大句型方面，出現頻率統計如表14-2，可見第三句型最爲常見，第二句型次之，其餘第一、四、五句型較爲少見。

表 14-1　95 年－ 107 年指考英文翻譯題
目適用的翻譯法統計

適用的翻譯法	題數	百分比
直接式	2	8%
刪補式	20	77%
分合式	4	15%
五段式	0	0%

表 14-2　95 年－ 107 年指考英文翻譯題
目五大句型統計

句型	公式	句數	百分比
第一句型	V	3	8%
第二句型	V＋C	8	22%
第三句型	V＋O	20	56%
第四句型	V＋IO＋DO	2	6%
第五句型	V＋O＋C	3	8%

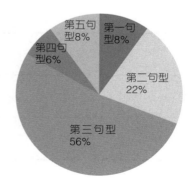

1

為提供一個無煙的用餐環境，許多餐廳不允許室內抽菸。

1. **排除修飾語**

    ➡ 〔為提供一個無菸的用餐環境，〕許多餐廳不允許室內抽菸。

    ➡ 許多餐廳不允許室內抽菸。

    ➡ 〔英式中文〕許多餐廳不允許抽菸在室內。

2. **翻譯簡單句**

    ➡ 許多餐廳（S）＋不允許（V）＋抽菸（O）＋在室內。

    ➡ S＋V＋O.（第三句型，O＝動名詞片語＝smoking indoors）

    ➡ Many restaurants do not allow smoking indoors.

3. **加入修飾語**

    〔為提供一個無菸的用餐環境，〕

    ➡ 以不定詞片語來翻譯代表「目的」的副詞修飾語。

    ➡ 為提供（to V）＋一個無菸的用餐環境（O）　（第三句型）

    ➡ To provide a smoke-free dining environment,

    　　（無菸的＝ smoke-free，「用餐環境」中的「用餐」是形容詞，不是動詞，

    　　可用現在分詞dining）

    全部合併➡

    To provide a smoke-free dining environment, many restaurants do not allow smoking
    indoors.

題目 2

雖然遭到許多癮君子的反對，這對不抽菸的人的確是一大福音。

1. **分成簡單句**

    第1句：雖然遭到許多癮君子的反對

    ➡ 〔英式中文〕雖然被反對被許多癮君子（加入「被」字以強調被動式）

    ➡ 這個副詞子句省略主詞（這件事）與被動式的be動詞。英文文法「副詞子句

Lesson

14

中譯英實戰：指考篇

217

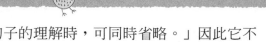

中凡主詞與述語動詞同時省略不影響句子的理解時，可同時省略。」因此它不是分詞構句，而是省略版的副詞子句。

➡ 雖然（Although）＋被反對（V）＋被許多癮君子（by＋O）

➡ Although ＋ V ＋ by ＋ O （第一句型，被動式，動詞要用過去分詞。）

第2句：這對不抽菸的人的確是一大福音。

➡ 〔英式中文〕 這的確是一大福音對不抽菸的人。

➡ 這（S）＋ 的確是（V） ＋ 一大福音（C）＋對不抽菸的人（介詞片語）。

➡ S＋V＋C＋介詞片語 （第二句型）

2. **翻譯簡單句**

第1句：Although opposed by many heavy smokers

第2句：this is indeed a great welfare for non-smokers.

3. **組合簡單句**

Although opposed by many heavy smokers, this is indeed a great welfare for non-smokers.

題目 3

大眾運輸的快速發展已經逐漸縮短了都市和鄉村的距離。

1. **排除修飾語**

➡ 〔大眾運輸的〕快速發展已經逐漸縮短了〔都市和鄉村的〕距離。

快速發展已經逐漸縮短了距離。

2. **翻譯簡單句**

➡ 快速發展已經逐漸縮短了距離。

➡ 快速發展（S）＋已經逐漸縮短了（V）＋距離（O）。

➡ S＋V＋O. （第三句型）

➡ The rapid development has gradually shortened the distance.

3. **加入修飾語**

〔大眾運輸的〕➡ 介詞片語 of mass transportation

〔都市和鄉村的〕➡ 介於都市和鄉村的➡介詞片語 between urban and rural areas

全部合併➡

The rapid development <u>of mass transportation</u> has gradually shortened the distance <u>between urban and rural areas.</u>

題目④

有了高速鐵路，我們可以在半天內往返臺灣南北兩地。

1. **排除修飾語**
   ➡ 〔英式中文〕有了高速鐵路，我們可以旅行往返介於北臺灣、南臺灣在半天內。（空間副詞、時間副詞放在後面）
   ➡ 〔有了高速鐵路，〕我們可以旅行〔往返介於北臺灣、南臺灣〕〔在半天內〕。
   ➡ 我們可以旅行。

2. **翻譯簡單句**
   ➡ 我們（S）＋可以旅行（V）。
   ➡ S＋V.（第一句型）
   ➡ We can travel.

3. **加入修飾語**
   ● 〔有了高速鐵路，〕➡ 表達條件的介詞片語➡ With the high-speed railway,
   ● 〔往返〕➡ back and forth
   ● 〔介於北臺灣、南臺灣〕➡ 表達空間的介詞片語➡ between northern Taiwan and southern Taiwan
   ● 〔在半天內〕➡ 表達時間的介詞片語➡ in half a day

   全部合併➡

   <u>With the high-speed railway,</u> we can travel <u>back and forth</u> <u>between northern Taiwan and southern Taiwan</u> <u>in half a day.</u>

題目⑤

全球糧食危機已經在世界許多地區造成嚴重的社會問題。

1. **排除修飾語**
   ➡ 〔英式中文〕全球糧食危機已經造成嚴重的社會問題在世界許多地區。
   （空間副詞放在後面）
   ➡ 全球糧食危機已經造成嚴重的社會問題〔在世界許多地區〕。
   ➡ 全球糧食危機已經造成嚴重的社會問題。

2. **翻譯簡單句**
   ➡ 全球糧食危機（S）＋已經造成（V）＋嚴重的社會問題（O）。
   ➡ S＋V＋O.（第三句型）
   ➡ The global food crisis has caused serious social problems.

3. **加入修飾語**
   〔在世界許多地區〕➡ 介詞片語➡ in many parts of the world
   全部合併➡

   The global food crisis has caused serious social problems in many parts of the world.

題目⑥

專家警告我們不應該再將食物價格低廉視為理所當然。

1. **分成簡單句**
   ➡ 〔英式中文〕專家警告我們我們應該不再將低廉食物價格視為理所當然。
   ● 要再加入第二個「我們」做為名詞子句「我們應該不再將低廉食物價格視為理所當然」的主詞。
   ● 「不應該再將」➡ 應該不再將（should no longer）
   ● 「食物價格低廉」➡ 低廉的食物價格（low food prices）

   第1句：專家警告我們…
   ➡ 專家（S）＋警告（V）＋我們（IO）＋…（DO）（第四句型）
   ➡ S＋V＋IO＋DO（DO＝名詞子句＝我們應該不再將低廉食物價格視為理所

當然）

第2句：我們應該不再將低廉食物價格視為理所當然。

➡ 我們（S）＋應該不再將（V）＋低廉食物價格（O）＋視為理所當然（C）。

➡ S＋V＋O＋C （第五句型，V＝應該不再將＝should no longer take, C＝視為理所當然＝介詞片語＝ for granted）

2. 翻譯簡單句

第1句：Experts warn us that

第2句：（that） we should no longer take the low food prices for granted

3. 組合簡單句

Experts warn us that we should no longer take the low food prices for granted.

題目 7

玉山是東亞第一高峰，以生態多樣聞名。

1. 分成簡單句

➡ 〔英式中文〕玉山是第一高峰在東亞，而且它是聞名的以它的生態多樣。（將介詞片語移到子句的末端）

第1句：玉山是第一高峰在東亞

➡ 玉山（S）＋是（V）＋第一高峰（C）＋在東亞（介詞片語）

➡ S＋V＋C＋介詞片語 （第二句型）

第2句：而且它是聞名的以它的生態多樣。

➡ 而且（and）＋它（S）＋是（V）＋聞名的（C）＋以它的生態多樣（介詞片語）。

➡ and＋S＋V＋C＋介詞片語 （第二句型）

2. 翻譯簡單句

第1句：Jade Mountain is the highest peak in East Asia

第2句：and it is known for its ecological diversity

3. 組合簡單句

Jade Mountain is the highest peak in East Asia, and it is known for its ecological diversity.

題目 8

大家在網路上投票給它，要讓它成為世界七大奇觀之一。

1. 排除修飾語
   ➡ 〔英式中文〕大家投票給它<u>在網路上</u>來使它成為世界七大奇觀之一。
   （將介詞片語「在網路上」移到動詞的後面）
   ➡ 大家投票給它〔在網路上〕〔來使它成為世界七大奇觀之一〕。
   ➡ 大家投票給它。

2. 翻譯簡單句
   ➡ 大家（S）＋投票給（V）＋它（O）。
   ➡ S＋V＋O.（第三句型，V＝voted for）
   ➡ Everyone voted for it.

3. 加入修飾語
   〔在網路上〕➡ 介詞片語 ➡ on the Internet
   〔來使它成為世界七大奇觀之一〕
   ➡ 以不定詞片語來翻譯，表達目的。
   ➡ 來使（to V）＋它（O）＋成為世界七大奇觀之一（C）
   ➡ to V＋O＋C（第五句型，C＝受詞補語＝「世界七大奇觀之一」＝名詞）
   　to make it one of the Seven Wonders of the World.
   全部合併➡
   Everyone voted for it on the Internet <u>to make it one of the Seven Wonders of the</u>
   <u>World.</u>

題目 9

近二十年來我國的出生率快速下　。

→ 〔英式中文〕 近二十年來（介詞片語）＋我國的出生率（S）＋下滑（V）
＋快速地（副詞）。

→ 介詞片語，S＋V＋副詞。（第一句型，V＝現在完成式）

→ In the past two decades, our nation's birth rate has fallen rapidly.

題目 10

這可能導致我們未來人力資源的嚴重不足。

1.　排除修飾語

→ 這可能導致〔我們未來人力資源的〕嚴重短缺。

→ 這可能導致嚴重短缺。

2.　翻譯簡單句

這可能導致嚴重短缺。

→ 這（S）＋可能導致（V）＋嚴重短缺（O）。

→ S＋V＋O.（第三句型）

→ This may lead to a serious shortage.

3.　加入修飾語

〔我們未來人力資源的〕

→ 介詞片語，作為後位修飾名詞「短缺」的形容詞修飾語。

→ of our future human resources

全部合併→

This may lead to a serious shortage of our future human resources.

題目 11

日本的核電廠爆炸已經引起全球對核子能源安全的疑慮。

1. 排除修飾語
   - ➡ 〔英式中文〕<u>在日本的核電廠的</u>爆炸已經引起全球的疑慮<u>關於核子能源的安全</u>。（將修飾語以「介詞片語」的方式表達出來）
   - ➡ 〔在日本的核電廠的〕爆炸已經引起全球的疑慮〔關於核子能源的安全〕。
   - ➡ 爆炸已經引起全球的疑慮。

2. 翻譯簡單句
   - ➡ 爆炸（S）＋已經引起（V）＋全球的疑慮（O）。
   - ➡ S＋V＋O.（第三句型，V＝現在完成式）
   - ➡ The explosion has caused global concerns.

3. 加入修飾語
   〔在日本的核電廠的〕
   - ➡ 介詞片語，作為後位修飾名詞「爆炸」的形容詞修飾語。
   - ➡ of the nuclear power plant in Japan

   〔關於核子能源的安全〕
   - ➡ 介詞片語，作為後位修飾名詞「疑慮」的形容詞修飾語。
   - ➡ about the safety of nuclear energy

   全部合併➡

   The explosion <u>of the nuclear power plant in Japan</u> has caused global concerns <u>about the safety of nuclear energy</u>.

題目 12

科學家正尋求安全、乾淨又不昂貴的綠色能源，以滿足我們對電的需求。

1. 排除修飾語
   - ➡ 科學家正尋求安全、乾淨又不昂貴的綠色能源〔，以滿足我們對電的需

求〕。

➡ 科學家正尋求安全、乾淨又不昂貴的綠色能源。

2. **翻譯簡單句**

➡ 科學家（S）＋正尋求（V）＋安全、乾淨又不昂貴的綠色能源（O）。

➡ S＋V＋O.（第三句型，V＝現在進行式）

➡ Scientists are looking for safe, clean, and inexpensive green energy.

3. **加入修飾語**

〔，以滿足我們對電的需求〕

➡ 〔英式中文〕以滿足我們的需求對電力 （把介詞片語移到句末）

➡ 以不定詞片語來翻譯，表達目的。

➡ 以滿足（to V）＋我們的需求（O）＋對電力（介詞片語）

➡ to V＋O＋介詞片語 （第三句型之不定詞片語）

➡ to meet our demand for electricity

全部合併➡

Scientists are looking for safe, clean, and inexpensive green energy <u>to meet our demand for electricity</u>.

題目 ⑬

有些我們認為安全的包裝食品可能含有對人體有害的成分。

1. **排除修飾語**

➡ 有些〔我們認為安全的〕包裝食品可能含有〔對人體有害的〕成分。

➡ 有些包裝食品可能含有成分。

2. **翻譯簡單句**

➡ 有些包裝食品（S）＋可能含有（V）＋成分（O）。

➡ S＋V＋O.（第三句型）

➡ Some packaged foods may contain ingredients.

3. **加入修飾語**

〔我們認為安全的〕

➡ 我們認為它安全的 （補上「它」當受格，以配合第五句型的要求）

➡ 我們（S）＋認爲（V）＋它（O）＋安全的（C）　（第五句型）

➡ that（O）＋S＋V＋C　（形容詞子句，「它」是受詞，以受格的關係代名詞 that代替，並移到句首，C＝受詞補語＝安全的＝不定詞片語to be safe，省略 to be亦可）

➡ that we think to be safe

〔對人體有害的〕

➡ 它是有害的對人體　（補上「它」當主格）

➡ 它（S）＋是（V）＋有害的（C）＋對人體（介詞片語）　（第二句型）

➡ that（S）＋V＋C＋介詞片語

（形容詞子句，「它」是主詞，以主格的關係代名詞that代替，並移到句首）

➡ <u>that are harmful to the human body</u>

全部合併➡

Some packaged foods <u>that we think to be safe</u> may contain ingredients <u>that are harmful to the human body.</u>

題目 ⑭

為了我們自身的健康，在購買食物前我們應仔細閱讀包裝上的說明。

1. 排除修飾語

➡ 〔爲了我們自身的健康，〕〔在購買食物前〕我們應仔細閱讀〔包裝上的〕說明。

➡ 我們應仔細閱讀說明。

2. 翻譯簡單句

➡ 我們（S）＋應仔細閱讀（V）＋說明（O）。

➡ S＋V＋O.　（第三句型）

➡ we should carefully read the instructions.

3. 加入修飾語

● 〔爲了我們自身的健康，〕➡ 介詞片語當作目的副詞➡ For our own health

● 〔在購買食物前〕➡ 介詞片語當作時間副詞，修飾動詞read➡ before purchasing food

● 〔包裝上的〕➡ 介詞片語當作形容詞，修飾名詞「說明」➡ on the package

全部合併➡

For our own health, we should carefully read the instructions on the package before purchasing food.

題目 15

對現今的許多學生而言，在課業與課外活動間取得平衡是一大挑戰。

1. **排除修飾語**

    ➡〔英式中文〕對現今的許多學生而言，取得平衡在課業與課外活動之間是一大挑戰。（明確以「取得平衡」為主詞，將「在課業與課外活動之間」視為修飾主詞的介詞片語，以配合第五句型的要求）

    ➡〔對現今的許多學生而言，〕取得平衡〔在課業與課外活動之間〕是一大挑戰。

    ➡ 取得平衡是一大挑戰。

2. **翻譯簡單句**

    ➡ 取得平衡（S）＋是（V）＋一大挑戰（C）。

    ➡ S＋V＋C.（第二句型，S＝取得平衡＝動名詞 balancing）

    ➡ Balancing is a great challenge.

3. **加入修飾語**

    〔對現今的許多學生而言，〕

    ➡ 介詞片語當作副詞

    ➡ For many of today's students,

    〔在課業與課外活動之間〕

    ➡ 介詞片語修飾動名詞「取得平衡」

    ➡ between the academic and extracurricular activities

    全部合併➡

For many of today's students, balancing between the academic and extracurricular activities is a great challenge.

題目 16

有效的時間管理是每位有責任感的學生必須學習的首要課題。

1. **排除修飾語**

    ➡ 有效的時間管理是〔每位有責任感的學生必須學習的〕首要課題。

    ➡ 有效的時間管理是首要課題。

2. **翻譯簡單句**

    ➡ 有效的時間管理（S）＋是（V）＋首要課題（C）。

    ➡ S＋V＋C.（第二句型）

    ➡ Effective time management is the top lesson.

3. **加入修飾語**

    〔每位有責任感的學生必須學習的〕課題

    ➡ 每位有責任感的學生（S）＋必須學習（V）＋課題（O）（形容詞子句，修飾先行詞「課題」）

    ➡ that（O）＋S＋V（第三句型，「課題」是受詞，以受格的關係代名詞that代替，並移到句首）

    ➡ that every responsible student must learn

    全部合併➡

    Effective time management is the top lesson <u>that every responsible student must learn</u>.

題目 17

食用過多油炸食物可能會導致學童體重過重，甚至更嚴重的健康問題。

    ➡ 食用過多油炸食物（S）＋可能會導致（V）＋學童體重過重（O），而且（and）＋甚至更嚴重的健康問題（O）。

    （加入「而且」作爲連接詞，以合乎英文文法）

    ➡ S＋V＋O＋and＋O.

    （第三句型，S＝動名詞子句＝ Eating too much fried food）

➡ Eating too much fried food may lead to school children's overweight and even more serious health problems.

題目 18

因此，家長與老師應該共同合作，找出處理這個棘手議題的有效措施。

1. 排除修飾語
   ➡ 〔因此，〕家長與老師應該共同合作〔，以找出處理這個棘手議題的有效措施〕。
   ➡ 家長與老師應該共同合作。

2. 翻譯簡單句
   家長與老師應該共同合作。
   ➡ 〔英式中文〕家長與老師應該一起工作。（「共同合作」難翻譯，改「一起工作」）
   ➡ 家長與老師（S）＋應該一起工作（V）。
   ➡ S＋V.（第一句型）
   ➡ Parents and teachers should work together

3. 加入修飾語
   〔，以找出處理這個棘手議題的有效措施〕
   ➡ 以找出〔處理這個棘手議題的〕有效措施
     （排除修飾語中的修飾語，進一步簡化）
   ➡ 以找出有效措施
   ➡ 以找出（to V）＋有效措施（O）
     （不定詞片語作爲表達目的的副詞）
   ➡ to find effective measures

   〔處理這個棘手議題的〕
   ➡ 處理（to V）＋這個棘手議題（O）
     （不定詞片語，作爲修飾名詞「措施」的形容詞）
   ➡ to deal with this difficult issue
     （不要被「棘手」兩字嚇倒，譯成difficult即可）

Lesson 14 中譯英實戰：指考篇

➡ 合併　to find effective measures to deal with this difficult issue

全部合併➡

Therefore, parents and teachers should work together <u>to find effective measures to</u> <u>deal with this difficult issue.</u>

註：棘手翻譯成difficult，如翻譯thorny 或 troublesome會更好。

題目⑲

臺灣便利商店的密集度是全世界最高的，平均每兩千人就有一家。

1.　排除修飾語

➡ 〔臺灣便利商店的〕密集度是全世界最高的〔，平均每兩千人就有一家〕。

➡ 密集度是全世界最高的。

2.　翻譯簡單句

➡ 〔英式中文〕密集度是最高的<u>在全世界</u>。（介詞片語移動到句末）

➡ 密集度（S）＋是（V）＋最高的（C）＋在全世界（介詞片語）。

➡ S＋V＋C＋介詞片語.（第二句型）

➡ The density is the highest in the world.

3.　加入修飾語

〔臺灣便利商店的〕

➡ 介詞片語當作形容詞，後位修飾名詞「密集度」

➡ of convenience stores in Taiwan

〔平均每兩千人就有一家〕

➡ 〔英式中文〕<u>平均地有一家每兩千人</u>

（改「平均」為「平均地」以強調它的功能是副詞，並將「每兩千人」往後移動）

➡ 〔平均地〕有一家〔每兩千人〕（排除修飾語中的修飾語，進一步簡化）

⇨ 有一家➡ There be 句型➡ there is one

⇨ 〔平均地〕➡ 介詞片語當作副詞➡ on average

⇨ 〔每兩千人〕➡ 介詞片語當作副詞➡ for every two thousand people

合併➡ on average there is one for every two thousand people.

全部合併➡

The density of convenience stores in Taiwan is the highest in the world; on average there is one for every two thousand people.

題目 20

除了購買生活必需品，顧客也可以在這些商店繳費，甚至領取網路訂購之物品。

1. **排除修飾語**

   ➡〔英式中文〕 除了購買生活必需品在這些商店，顧客也可以支付帳單，而且甚至領取網路訂購之物品。（把介詞片語移到子句末端。把「繳費」改爲「支付帳單」較易聯想到pay bills。加入「而且」作爲連接詞）

   ➡〔除了購買生活必需品在這些商店，〕顧客也可以支付帳單，而且甚至領取〔網路訂購之〕物品。

   ➡ 顧客也可以支付帳單，而且甚至領取物品。

2. **翻譯簡單句**

   ➡ 顧客（S）＋也可以支付（V）＋帳單（O），而且（and）＋（甚至）領取（V）＋物品（O）。

   ➡ S＋V＋O, and even V＋O.（第三句型）

   ➡ Customers can also pay bills and even pick up goods.

3. **加入修飾語**

   〔除了購買生活必需品在這些商店，〕

   ➡ 除了（介詞）＋購買（Ving）＋生活必需品（O）＋在這些商店（介詞片語）

   ➡ In addition to purchasing daily necessities at these stores

   （以介詞片語來翻譯，介詞爲In addition to，受詞是動名詞「購買生活必需品在這些商店」purchasing daily necessities at these stores）

   〔網路訂購之〕

   ➡ ordered online （以過去分詞片語作爲修飾名詞「物品」的形容詞修飾語）

全部合併➡

<u>In addition to purchasing daily necessities at these stores,</u> customers can also pay bills and even pick up goods <u>ordered online</u>.

題目 21

蚊子一旦叮咬過某些傳染病的患者，就可能將病毒傳給其他人。

1. **分成簡單句**

   ➡〔英式中文〕一旦蚊子叮咬過某些傳染病的患者，牠們就可能將病毒傳給其他人。（把「一旦」移到句首，當作副詞子句的從屬連接詞；並加入「牠們」，當作主要子句的主詞）

   第1句（副詞子句）：一旦蚊子叮咬過某些傳染病的患者，
   ➡〔英式中文〕一旦蚊子叮咬過具有某些傳染病的患者，
   （加入「具有」較易聯想到可用with開頭的介詞片語來後位修飾名詞「患者」）
   ➡一旦＋蚊子（S）＋叮咬過（V）＋<u>具有某些傳染病的患者（O）</u>，
   ➡一旦（Once）＋蚊子（S）＋叮咬過（V）＋患者（O）＋<u>具有某些傳染病（介詞片語）</u>，
   Once＋S＋V＋O＋介詞片語
   （第三句型，介詞片語＝「具有某些傳染病」，修飾受詞「患者」）

   第2句（主要子句）：牠們就可能將病毒傳給其他人。
   ➡〔英式中文〕牠們就可能傳播病毒給其他人。
   （改成英式中文以配合第四句型）
   ➡牠們（S）＋就可能傳播（V）＋病毒（DO）＋給其他人（to IO）。
   ➡S＋V＋DO＋to IO（第四句型）

2. **翻譯簡單句**

   第1句：Once mosquitos have bitten a patient with certain infectious diseases
   第2句：they may pass the virus on to others.

3. **組合簡單句**

   Once mosquitos have bitten a patient with certain infectious diseases, they may pass the virus on to others.

牠們在人類中快速散播疾病，造成的死亡遠超乎我們所能想像。

1. 排除修飾語
   ➡ 牠們在人類中快速散播疾病〔，造成的死亡遠超乎我們所能想像〕。
   ➡ 牠們在人類中快速散播疾病。

2. 翻譯簡單句
   ➡〔英式中文〕牠們快速地散播疾病在<u>人類中</u>
   ➡ 牠們（S）＋快速地散播（V）＋疾病（O）＋在人類中（介詞片語）
   ➡ S＋V＋O＋介詞片語.（第三句型）
   ➡ They spread disease quickly among humans.

3. 加入修飾語
   〔，造成的死亡遠超乎我們所能想像〕
   ➡ 這個句子省略連接詞、主詞（牠們），因此要使用分詞構句來翻譯。因爲是主動式，動詞要改爲現在分詞。
   ➡ 造成〔遠超乎我們所能想像的〕死亡（先把此修飾語移除）
   ➡ 造成（Ving）＋死亡（O）
   ➡ causing death

   〔遠超乎我們所能想像的〕（介詞片語當作形容詞，修飾「死亡」）
   ➡ 遠超乎（介詞）＋我們所能想像（名詞子句當作受詞）
   ➡ 遠超乎（介詞）＋我們（S）＋所能想像（V）＋事物（O）（第三句型）
   ➡ 遠超乎（介詞）＋What（O）＋我們（S）＋所能想像（V）（第三句型）
   （將受詞「事物」移到句首，並以what代替，做爲複合關係代名詞）
   ➡ far beyond what we can imagine.（what we can imagine＝名詞子句）

   全部合併➡

   They spread disease quickly among humans, <u>causing death far beyond what we can imagine</u>.

題目 23

世界大學運動會（The Universiade）是一項國際體育與文化盛事，每兩年一次由不同城市舉辦。

1. 排除修飾語

   ➡ 世界大學運動會是一項國際體育與文化盛事〔，每兩年一次由不同城市舉辦〕。

   ➡ 世界大學運動會是一項國際體育與文化盛事。

2. 翻譯簡單句

   ➡ 世界大學運動會（S）＋是（V）＋一項國際體育與文化盛事（C）。

   ➡ S＋V＋C.（第二句型）

   ➡ The Universiade is an international sports and cultural event.

   （不要被「盛事」二字嚇倒，譯成event即可）

3. 加入修飾語

   〔，每兩年一次由不同城市舉辦〕

   ➡〔英式中文〕它被舉辦由不同城市每兩年一次

   （加入「它」作為形容詞子句的主詞，並把作為副詞的空間、時間介詞片語移到子句末端）

   ➡ 它（S）＋被舉辦（V）＋由不同城市（介詞片語）＋每兩年一次（介詞片語）

   ➡ that is held every two years by different cities

   （形容詞子句，「它」是主詞，以that代替，作為主格的關係代名詞）

   全部合併➡

   Th-e Universiade is an international sports and cultural event <u>that is held every two years by different cities.</u>

題目 24

在比賽中，來自全球大學的學生運動員建立友誼，並學習運動家精神的真諦。

1. 排除修飾語

    ➡ 〔在比賽中，〕〔來自全球大學的〕學生運動員建立友誼，並學習運動家精
    神的眞諦。

    ➡ 學生運動員建立友誼，並學習運動家精神的眞諦。

2. 翻譯簡單句

    ➡ 學生運動員（S）＋建立（V）＋友誼（O），並（and）＋學習（V）＋運動
    家精神的眞諦（O）。

    ➡ S＋V＋O＋and＋V＋O.（第三句型）

    ➡ Student athletes establish friendships and learn the true meaning of sportsmanship.
    （不要被「眞諦」二字嚇倒，譯成the true meaning即可）

3. 加入修飾語

    ● 〔在比賽中，〕

       ➡ 介詞片語當作副詞，修飾動詞。

       ➡ In the competition

    ● 〔來自全球大學的〕

       ➡ 〔英式中文〕從來自世界各地的大學的
       （「來自全球大學的」如直譯英文會變成from global universities，語意錯
       誤，爲了避免錯譯，先改寫成「從來自世界各地的大學的」）

       ➡ 介詞片語當作形容詞，後位修飾名詞Student athletes

       ➡ 先譯核心〔從大學〕= from universities，再譯「大學」的修飾語〔來自世
       界各地的〕= around the world

       ➡ from universities around the world

    全部合併➡

    In the competition, student athletes from universities around the world establish
    friendships and learn the true meaning of sportsmanship.

    題目 25

    快速時尚以速度與低價爲特色，讓人們可以用負擔得起的價格買到流行的服飾。

1. **排除修飾語**

   ➡ 快速時尚以速度與低價爲特色〔，讓人們可用負擔得起的價格買到流行服飾〕。

   ➡ 快速時尚以速度與低價爲特色。

   ➡ 〔英式中文〕快速時尚的特色是速度與低價。

   （改寫成配合第二句型S＋V＋C）

2. **翻譯簡單句**

   ➡ 快速時尚的特色（S）＋是（V）＋速度與低價（C）。

   ➡ S＋V＋C.（第二句型）

   ➡ The features of fast fashion are speed and low price.

3. **加入修飾語**

   〔，讓人們可以用負擔得起的價格買到流行的服飾〕

   ➡ 〔英式中文〕允許人們去購買流行服飾在負擔得起的價格（「讓」字改用「允許」較易聯想到用allow翻譯。加入「去」字較易聯想到用不定詞片語翻譯「購買流行服飾」。將介詞片語移到句末較易翻譯）

   ➡ 這個句子省略連接詞、主詞（快速時尚），因此要使用分詞構句來翻譯。因爲是主動式，動詞要改爲現在分詞。

   ➡ 允許（Ving）＋人們（O）＋去購買流行服飾（C）＋在負擔得起的價格（介詞片語）

   （第五句型，C＝受詞補語＝去購買流行服飾＝ to V＋O＝不定詞片語）

   ➡ allowing people to buy popular clothing at affordable prices.

全部合併➡

The features of fast fashion are speed and low price, allowing people to buy popular clothing at affordable prices.

題目 26

然而，它所鼓勵的「快速消費」卻製造了大量的廢棄物，造成巨大的污染問題。

1. **排除修飾語**

   ➡ 〔然而，它所鼓勵的〕快速消費卻製造了大量的廢棄物〔，造成巨大的污染問題〕。

➡ 快速消費卻製造了大量的廢棄物。

2. **翻譯簡單句**

➡ 快速消費（S）＋卻製造了（V）＋大量的廢棄物（O）。

➡ S＋V＋O.（第三句型）

➡ The fast consumption creates a lot of waste.

3. **加入修飾語**

〔然而，〕

➡ However,（承轉副詞，用來讓在它後面的句子跟前一題的句子「快速時尚…買到流行的服飾。」產生語意上的連貫性）

〔它所鼓勵的〕

➡〔英式中文〕它鼓勵事物。（補上受詞「事物」，以配合第三句型）

➡ 它（S）＋鼓勵（V）＋事物（O）（第三句型）

➡ that it encourages（形容詞子句，「事物」是受詞，以that代替，作為受格的關係代名詞，移到句首）

〔，造成巨大的污染問題〕

➡ 這個句子省略連接詞、主詞（快速消費），因此要使用分詞構句來翻譯。因為是主動式，動詞要改為現在分詞。

➡ 造成（Ving）＋巨大的污染問題（O）

➡ causing huge pollution problems

全部合併➡

However, the fast consumption that it encourages creates a lot of waste, causing huge pollution problems.

國家圖書館出版品預行編目資料

高中三年的中翻英一本搞定：五段式中翻英譯
法／葉怡成著. -- 初版. -- 臺北市：五南，
2020.01
　　面；　公分

ISBN 978-957-763-788-8（平裝）

1.英語　2.翻譯

805.1　　　　　　　　　　　10802052

ZX26

高中三年的中翻英一本搞定
——五段式中翻英譯法

作　　　者 ― 葉怡成（321.3）

發 行 人 ― 楊榮川

總 總 理 ― 楊士清

總 編 輯 ― 楊秀麗

主　　　編 ― 高至廷

責任編輯 ― 金明芬

封面設計 ― 姚孝慈

出 版 者 ― 五南圖書出版股份有限公司

地　　　址：106台北市大安區和平東路二段339號4樓

電　　　話：(02)2705-5066　傳　　　真：(02)2706-6100

網　　　址：http://www.wunan.com.tw

電子郵件：wunan@wunan.com.tw

劃撥帳號：01068953

戶　　　名：五南圖書出版股份有限公司

法律顧問　林勝安律師事務所　林勝安律師

出版日期　2020年1月初版一刷

定　　　價　新臺幣350元

全新官方臉書

五南讀書趣

WUNAN
Books
since1966

經典永恆・名著常在

五十週年的獻禮——經典名著文庫

五南，五十年了，半個世紀，人生旅程的一大半，走過來了。

思索著，邁向百年的未來歷程，能為知識界、文化學術界作些什麼？

在速食文化的生態下，有什麼值得讓人雋永品味的？

歷代經典・當今名著，經過時間的洗禮，千錘百鍊，流傳至今，光芒耀人；

不僅使我們能領悟前人的智慧，同時也增深加廣我們思考的深度與視野。

我們決心投入巨資，有計畫的系統梳選，成立「經典名著文庫」，

希望收入古今中外思想性的、充滿睿智與獨見的經典、名著。

這是一項理想性的、永續性的巨大出版工程。

不在意讀者的眾寡，只考慮它的學術價值，力求完整展現先哲思想的軌跡；

為知識界開啟一片智慧之窗，營造一座百花綻放的世界文明公園，

任君遨遊、取菁吸蜜、嘉惠學子！